諫死《かんし》にあらず

信長を救った男

風媒社

安田靫彦「出陣の舞」（山種美術館蔵）

はじめに　―定説を疑う（一）

信長が歴史上、大舞台に初めて登場するのは、永禄三年（一五六〇）五月十九日の桶狭間の合戦です。その時、信長は二十七歳でした。

この戦いは、一般に「寡兵《かへい》よく、大敵を破る」で有名です。また、中世から近世への扉を開いた戦いとも言われます。

確かに駿河・遠江・三河の三国の大大名、今川義元を撃ち破ったこの戦いにより、秀吉・家康が確立した近世に繋がったとも評価されています。

さて、この合戦のわずか数年前、信長の父信秀が病死する天文二十一年（一五五二）の前後、若き信長は絶体絶命の危機に直面します。

この時、信長の置かれた状勢を考えると、信長が歴史から消えてしまっても、何ら不思議はありませんでした。

信長はかねてから、危機に対応する準備を始めていたものの、未だ準備不足でした。

しかし、この危機から一人の男が我が身を投げうって信長を救い出します。

その男こそ、三郎信長の傅《ふ》（養育者）・平手中務丞政秀《なかつかさじょうまさひで》です。

戦国の歴史物語は勝った者、あるいは勝ち残った政権が〝歴史をつくる〟と言っても過言ではありません。特に、二六五年も安定した政治が続いた江戸時代において、戦国の世で勝ち残った者が自分に都合の良いように物語をつくったとしても不思議ではありません。

そして、その物語の多くが、「定説」として今日まで伝わっています。

従って戦国時代の物語は、まず疑ってみることです。特に史料がほとんど残っていない二十七歳までの信長についても同様です。

そして真の姿を掴むために、その物語を生み出した歴史の背景と、その物語の前後の歴史の流れなどに目を向けることが必要となります。

青春時代の若き信長の「うつけ」ぶりも、またこれを諌《いさ》めたとされる平手政秀の「自害」も、果して「定説」の通りかと疑いをもち、話を展開してゆきます。

　ここに収録した三つの作品のうち、「信長を育てた川」は十代までの信長、「信長を救った男」は十代の終わり頃の信長、「信長は敦盛を舞ったか」は二十代の後半の信長を、各々想像していただければと考えております。

諫死にあらず　目次

カバー写真◎「平手政秀木像」政秀寺蔵
本文中の写真は、断り書きのないものを除いて全て著者撮影。

信長を育てた川

木曽川・蘇水峡を望む
(塚原徹也・画)

一

それは木曽川である。

天文三年（一五三四）五月、信長が生まれた地は戦国の世に相応《ふさわ》しく名も勇ましく、勝幡《しょばた》と言われ、この川も既に木曽川と呼ばれていた。

木曽川は古代、鵜沼《うぬま》・犬山の辺りから下流に向かって川筋が定まらず、多くの枝川となり、更に枝川から分流した、これまた多くの支流をつくり出していた。

勝幡は、木曽川の幾つもの支流に囲まれたいわば、水郷の里であった。

そもそも木曽川は、長野県木曽郡木祖村北の木曽山地にある鉢盛山《はちもりやま》（二四四六メートル）に源を発し、烏帽子《えぼし》岳山麓、鳥居《とりい》峠を経て、信濃・美濃・尾張・伊勢の国と境をなしながら、犬山付近を頂点にした扇状地をつくり、下流に向かって、沖積層の濃尾平野を形成、伊勢湾に注いでいる、流長二三二キロ、流域面積五二七五平方キロの大河である。

この川が上・下流一貫して木曽川と名が出てくるのは史料上は天文十三年（一五四八）のことで、その謂われは、織田弾正忠家信秀《おだだんじょうのじょうけのぶひで》、すなわち信長の父親に係わる。

その前に木曽川と勝幡は以前、どのように呼ばれていたか、触れてみたい。

木曽川は年代、地域により、菅野真道《すがのまみち》の「続日本紀《しょくにほんき》」（延暦十六年・七九七年）には鵜沼《うぬま》川、太政官府《だじょうかんぷ》（承和二年・八三五年）には墨俣《すのまた》川、藤原時平らの三代実録（延喜元年九〇一年）には広野《ひろの》川、その他、尾張《おわり》川（永治二年・一一四二）、美濃《みの》川（文中二年・一三七三）などと名を変えている。

また、勝幡は古くは、鹽畑《しおはた》（塩畑）と呼ばれていた。

何故、塩の畑なのであろうか。今の津島市と海部郡甚目寺《じもくじ》町を結ぶ古代の海岸線に沿って、塩を生産していた地ではなかったか、と思う。

舊《きゅう》は**鹽畑**《しおはた》村の支なり。鹽畑の城のその西に集ひたる聚楽《しゅうらく》なれば城西と名づく

（「尾張国地名考」津田正生《まさなり》＝一七七六～一八五二）

さて、天文十三年九月二十二日、尾張衆の中で一際、隆盛を極め、他を圧倒していた信秀が一万以上の尾張衆を率いて木曽川を渡り、美濃へ侵攻、美濃稲葉山《いなばやま》城斉藤利政《としまさ》（道三《どうざん》）を攻めていた。

しかし道三の巧みな戦術に嵌《は》まり、尾張衆は総崩れとなり、信秀は必死に踏みとどまろうとするが、支えることかなわず、信秀の実弟の与二郎信康《のぶやす》をはじめ織田因幡守《いなばのかみ》・織田主水正《もんどのかみ》青山与三右衛門《よぞうえもん》・千秋《せんしゅう》紀伊守など有力武将五十騎を失い、更に追い詰められ、木曽川で溺死者数千人を出すという、大敗北を喫する。

信秀はわずか六、七人の供廻《ともまわ》りに守られ、那古屋《なごや》城へ逃げ帰ったと伝えられている。

九月二十二日の朝、信秀は尾張衆の総大将として威風堂々と木曽川を渡り、夕刻、這々《ほうほう》の体《てい》で木曽川を退却していった。

その一部始終を木曽川は見ていたのである。

そして、木曽川という名は、この戦いに係わる或る書状に初めて登場する。

その書状とは、道三に命ぜられた重臣・長井秀元《ながいひでもと》が、信秀と連合を組んでいる知多郡緒川《おがわ》（東浦町）城主、水野十郎左衛門信元《のぶもと》に宛てたもので、その内容はおおよそ次の通りである。

討ち取った有力武将の首注文（名簿）を送る。このように尾張に豪傑がいなくなる程、信秀を完膚なきまで叩きのめしたので、この期を逃がさず、松三（岡崎城主松平三郎広忠《ひろただ》）と相談の上、領国を固めるように、と記され、道三が信元を調略しているのが窺える。

そして、この書状に、木曽川の名が登場した時、信秀三十四歳、信長十五歳、信長の傅《ふ》、平手政秀五十三歳であった。

……織田弾正忠手へ切懸《きりかかり》、数刻相戦、数百人討捕《うちとり》候、頸《くび》注文進之候、比外**敗北之軍兵木曽川二三千溺《おぼれ》候**、織弾《おりだん》六七人召具《めしつれ》罷退候、近年之体、隣国ニ又人もなき様ニ相働候条、決勝負《かちまけ》候、年来之本懐、随而比砌《みぎり》松三《まつさん》へ被抑談御国被相固最存候、

（「長井秀元書状」徳川美術館蔵）

二

これを境にして、この三人はそれぞれ人生の大きな転機をむかえる。そして、その歯車は、

良くも悪しくも大きく回り始めるのである。

三人のその後を短く、追ってみる。

まず信秀である。信秀のこの後の運気は下降一方となり、隣国に敗け続け、尾張国内からは激しい圧力を受け、八年後の天文二十一年、傷心の中で病死する。

次に信長である。信長はこれを境にして、独自の戦略の構築に向かって走り始め、同時に「うつけ」の行動を開始する。

そして政秀は病床に臥《ふ》す信秀を支えながら、信長の戦略を読み取り、信長が戦略を構築するまでの時間を稼ぎ、それを信長に与えるため、隣国・尾張内の敵対勢力などと艱難辛苦して、相次ぎ和睦を成立させる。

ところが信秀病死の翌年、政秀は自害する。古来、この自害は信長の行状を諫めるための所謂《いわゆる》、諫死とされている。果して、そうか。真相は「信長を救った男」で明らかにしたい。

木曽川に戻そう。

古代から木曽川は、人の体における血脈《ちみゃく》の如く重要な役割を果してきた。この〝生き物〟は、節々に人と金と情報を中継をする湊《みなと》を抱えていた。

上流の錦織《にしこおり》・黒瀬《くろせ》の湊（八百津《やおつ》市）から伊勢湾に注ぐ河口まで、大小あわせておよそ三十

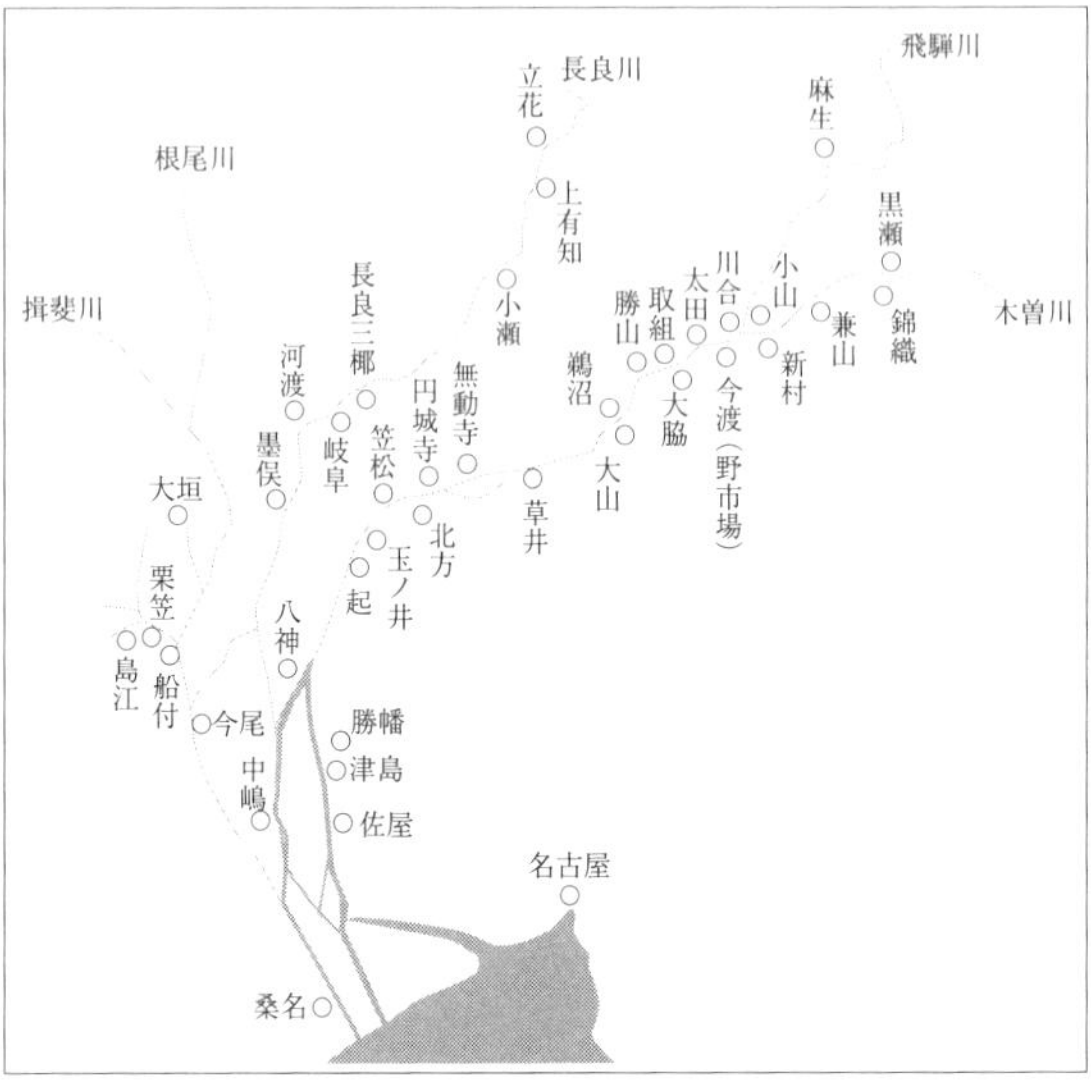

近世後期木曽川川湊図（「木曽川町史」）

の湊がその節となり、各々が中継機能を果していた。極端に言えば、最上流の湊である錦織は伊勢の大湊《おおみなと》（伊勢市）と伊勢湾という大きな体の中で、木曽川という血脈で結ばれていたと言って良い（「近世後期木曽川川湊図」）。

途中には、「此河面里々《このかわづらさとざと》数を知らず」と連歌師宗長《そうちょう》に言わせた津島《つしま》の湊、「十楽《とらく》の津」と言われた桑名《くわな》の湊、「諸国に往反《おうはん》して交易《こうえき》之《の》計《けい》を成す」と言われた安濃津《あのつ》の湊などが中継点となっていたとしても、結局「百船《ももふね》の渡会《わたらい》の大湊」と結ばれていたのである。

木曽川という伊勢湾の血脈は、一体どんな役目を果し、かつ活躍をしていたのであろうか。

代表例が、伊勢の神宮の式年遷宮《しきねんせんぐう》と鎌倉、円覚寺の再建に係る造営用材のため、木曽川の水運が利用されていることである。このことは、のち信秀・信長親子に大きく係わってくることになる。

まず、伊勢神宮の式年遷宮と木曽川の関係をみてみよう。

式年遷宮とは、一定の年数が経過するごとに神殿を造り替え、新殿に神霊《しんれい》を移すという神道上の儀式で、神殿を周期的に建て替えることを言う。

その理由には、お宮を清々《せいせい》しく保つための新築説。大工や技術者の技を継承するのに適切な区切りであるという説。稲の貯蔵年限説などがある。

遷宮の周期は、二十年が伊勢神宮・住吉《すみよし》大社（大阪市住吉区）・鹿島《かしま》神宮（茨城県鹿島郡）・香取《かとり》神宮（千葉県佐原市）、二十一年が賀茂御祖《かものみおや》神社（京都市左京区）、二十三年が一之宮貫前《ぬきさき》神社（群馬県富岡市）、三十三年が宇佐《うさ》八幡宮（大分県宇佐市）、などである。

なお「伊勢神宮」というのは俗称で、伊勢の神宮は全ての神社の本宗であるため、神宮と呼ばれるのは、本来、伊勢の神宮だけなのである（本書では俗称の「伊勢神宮」と記す）。

伊勢神宮の式年遷宮は日本で最も古く、それを制度として二十年ごとと決めたのは、天武《てんむ》天皇（大海人皇子《おおあまのおうじ》）である。以来、伊勢神宮の式年遷宮は日本最大の祭儀となる。

第一回の式年遷宮は、皇大《こうたい》神宮（内宮《ないくう》）が、今から千三百二十年前の持統《じとう》天皇（天武天皇の皇后）の持統四年（六九〇）の時である。なお内宮は伊勢市宇治の五十鈴《いすず》川の川上に鎮座し、御神体は八咫鏡《やたのかがみ》である。

また、豊受大神宮《とようけたい》（外宮《げくう》）は持統六年に行われた。外宮は伊勢市山田の高倉《たかくら》山の麓に鎮座している。

この式年遷宮は、戦国時代、戦乱で中断するも、永禄六年（一五六三）に外宮、天正十三年（一五八五）に内宮の式年遷宮が復活、現在六十一回を数える。二〇一三年の秋は六十二回目の遷宮となり、その準備のため、約三十の祭・行事が予定されており、二〇〇五年五月から開始されている。

二〇〇五年五月二日の安全祈願の山口祭で幕を開け、御杣始祭《みそまはじめまつり》（長野県上松《あげまつ》）・裏木曽御用材伐採式（岐阜県中津川市加子母《かしも》）という御神体を納める容器「御樋代《みひしろ》」に使う木を切り出す儀式が、六月三日と五日に各々営まれている。

伊勢神宮の場合、社殿のほか七十四種一五七六点の神宝、装束類も一新される。

総檜造りの社殿には、太さ五〇センチ、長さ平均四メートルの檜材が一万本必要となり、その用材確保のための御杣山《みそまやま》の選定は大変重要になる。

初めの数百年は神宮背後の山を御仙山とした。すなわち内宮は神路山《かみじやま》、外宮は高倉山であった。

しかし、神路山、高倉山の材木が尽き、適材を得ることが次第に困難になり、遂に後一条天皇の寛仁三年（一〇一九）第十八回、遷宮において内宮正殿を志摩《しま》国の答志《とうし》郡に求めたのを初例として、他山に移っていった。

その後、御仙山は、三重県内の阿曽《あそ》山（度会郡）・江馬《えま》山（多気郡）、三河設楽《したら》山、紀伊大《おお》杉《すぎ》山などに移動している。


鎌倉時代の弘安八年（一二八五）、内宮正遷宮の御仙山として、美濃《みの》山（後の木曽山）が議題に上がり（「中院一品記」中院大納言通冬卿記）、木曽川が木曽材の川流しの河川として、初めて脚光を浴びる。

そして、南北朝貞和元年（一三四五）の外宮正遷宮、貞治二年（一三六三）の内宮仮遷宮の各々の用材は、遂に美濃山から出材する。木曽山を抱く木曽川の出番である。

既に、錦織には綱場《つなば》が設置されていた。木曽山で伐採された木材は、巨岩が多い錦織までは大川狩りと言われる一本ずつの管流《くだなが》しで来て、水量の豊富な錦織で川を横断して張られた太い綱で受け止められ、繋留《けいりゅう》されると後、筏《いかだ》に編成され、筏流しされ、木曽川の河口に近い又木《またぎ》（桑名郡長島）で海洋筏に組み直し、船で引航して大湊へ、更に関東へ海送されていた。

当時の船と綱場について触れておきたい。

まず船について。『伊勢大湊の今昔』（大西民一）によると、「南北朝初期まで、大湊で行っていた造船は太さ三メートルの太い楠《くす》の木を二つに割って、半パイプ状に仕上げ、二個の半パイプを印籠継《いんろうつな》ぎにして、二本の梁《はり》を渡し、梁と船底の間に太い角材を閂《かんぬき》式《しき》に入れて固定された刳《くり》船準構造船で三百石（三十トン）位の船である。この船で、関東まで航行できた。

戦国時代になると、板材で、船底部、船側部を造り、梁を入れた完全なる構造船である伊勢船《いせぶね》となり、船首部分は平らな箱造りで、堅牢な戸立《とだて》造りで」あった。

のち信長・秀吉の水軍として活躍する九鬼《くき》水軍の主力の軍船は、全て伊勢船形式の安宅《あたか》船で、標準は三階建てである。

天正六年（一五七八）信長は九鬼嘉隆《よしたか》に命じ、大湊で船・矢倉全体を厚さ三ミリの鉄板で覆う大型安宅船で、鉄船六艘を造っている。

なお安宅船には、瀬戸内・九州方面で発達した二形船《ふたなりぶね》形式がある。船首部分は水切りの良い尖った形状で、伊勢船の箱造りに対し、箱置きと言われている。

次に綱場である。

木曽川の第一の支川である飛騨《ひだ》川（美濃加茂市川合《かわい》で合流す）の下麻生《しもあそう》（加茂郡川辺《かわべ》）にも綱場があるが、ここでは加茂郡八百津町錦織の綱場のことである。

錦織のある八百津は文字通り、八百万《やおよろず》の物資が集まる川湊の津として栄え、中でも黒瀬湊は寛文五年（一六六五）、舟運として、五十隻を保有、恵那《えな》・飛騨《ひだ》などとの陸運と笠松・桑名などとの舟運の中継点であった。

現在は発電用ダム・鉄道の建設によりその姿は消えたが、かつて黒瀬湊の舟運・錦織綱場の水運により、八百津に齎《もたら》された財貨は相当なものだったのであろう。

交通の要所で、様々な人の往来があったという歴史が、温かみと渋みを感じさせるのであろうか、八百津は川と山を抱く美しい町である。町を見渡す臨済宗妙心寺派臨滹山大仙寺《りんこさんだいせんじ》を背に、本町通りを真っ直ぐ木曽川に向かうと、突き当たりが黒瀬の湊跡である。

綱場は黒瀬の湊より上流の旧八百津発電所の対岸に位置する。それは上流の岩盤が迫り、川幅が狭く、深い渓谷である蘇水峡《そすいきょう》からみると、両岸が一気に広がっている所で、綱場・筏場に適した地勢なのである。

写真Aは旧跡錦織綱場の案内板付近で、それによると、案内板左の天然記念物クロガネモチの木が立っているところが、永正年間（一五〇四～二一）、ちょうど信長の祖父信定が勝

写真A

幡に城を築いた頃には既にあった河上綱場・筏場の両役所跡で、寛文五年（一六六五）ここに地方役所が設けられたとある。

写真Bは案内板にある四枚の写真である。「錦織綱場全景」は蘇水峡からみたもので、筏上《はつじょう》ごしらえの光景である。

また、「綱場に流れ着いた材木」は上流から、管流しの一本流しで来た材木が蘇水峡の狭い川巾を利用して、つくられた綱場で集められている光景である。

写真Cの上段と下段は各々、昔の綱場（左）と今の光景（右）を対比させたものである。人為的なものと自然的なものとの対比をみているような、不思議な感覚になる。

『木曽川は語る』（木曽川文化研究会）によると、錦織綱場の構造について、

旧跡
錦織綱場
錦織綱場全景（写真中央が地方役所）
錦織綱場の開設年代は鎌倉時代に起源すると言われ、足利時代の永正年間には、錦織村河上綱場、役場の両役所があって通関税及び使用料を取り立てていたという記録がある。
この綱場が、本格的に運用されるようになったのは、尾張藩が木曽の山林及び木曽川の運材の権利を領有するようになってからであり、寛文五年（一六六五年）には、ここに地方役所が設けられ、奉行以下役人百三十八名が常駐していた。
木曽の山から伐り出された材木は、一本一本木曽川を狩り下げ、ここで初めて筏に組まれ、犬山・名古屋方面へと流送された。
年間三十万本もの単材が筏に組まれ、通常秋の彼岸から春の彼岸まで筏流しが行われた。
現在、天然記念物「クロガネモチの木（向かって左の大木）」が立っているところが、地方役所跡である。
綱場に流れ着いた材木（現在の「蘇水峡」）

写真B

錦織綱場全景（写真中央が地方役所）
綱場に流れ着いた材木（現在の「蘇水峡」）

写真C

「両岸から岩盤が迫り出した狭窄《きょうさく》部の巨岩から下流左岸の砂礫《されき》地に打ち込んだ杌に、周囲約一メートル、全長約四百メートルの白口藤《しらぐちふじ》の蔓《つる》を使用した本綱を張る。

本綱は流水の圧力を受けるので、岸の高所に打ち込んだ張揚杭《ちょうようくい》から本綱へ二一本の手安綱《てやすづな》を張り、更に本綱の位置を固定するために対岸から控え綱を四本張っていた。

本綱の架設は水量の安定する十月から十一月に行い、翌年の三月から四月に大川狩りが終了すると撤去された」という。

次に円覚寺に係わる木曽川の活躍をみる。室町時代の応永二十八年（一四二一）、鎌倉円覚寺が焼失した時、良材中の良材と尊ばれる檜を産出する木曽山を抱き、運材が容易な水豊かな木曽川が円覚寺正続院《しょうぞくいん》造営用材に活用されているのが見られる。そしてその生々しい出来事が後述する三つの「円覚寺文書」にみられる。

この円覚寺とは、臨済宗瑞鹿山《ずいろくさん》（鹿山《ろくさん》）円覚寺のことで、弘安五年（一二八二）北条時宗が来日した中国宋の無学祖元《むがくそげん》を開基に迎え、創建。のち足利尊氏により鎌倉五山の第二に列せられ、建武四年（一三三七）、鎌倉五山の第一列の建長寺にあった無学の塔頭《たっちゅう》正続院を円覚寺に移して以来、建長寺を凌《しの》ぐ勢いとなる。

が、室町末期数度の大火に遭っており、今回、その再建に係わる話である。

まず「円覚寺文書Ⅰ」は四代将軍足利義持《よしもち》の命により、美濃国の七代守護土岐持益《もちます》の河上関の造営用材の筏流しの過書《かしょ》（関所の通行証）について触れているが、木材の運上《うんじょう》（運搬業に対する租税）の徴収と綱場を管理する河上関すなわち、錦織綱場で組まれた二千本程の百乗《じょう》の筏が、応永二十九年から三十年にかけて、木曽川を下って行く様子がうかがえる。その筏流しの眺めは壮観であったであろう。なお、乗とは筏の個数の単位である。

ところが、応永三〇年（一四二三）木曽川を筏流し中に、円覚寺正続院造営用材木が洪水により、犬山継鹿尾《つがお》寺に打ち上げられ、円覚寺が尾張小守護代（又代《まただい》）の織田出雲守入道常竹《じょうちく》（守護斯波氏の下の守護織田伊勢守入道常松《じょうしょう》の下の又代という格式）を介して、同年、八月四日、材木の返還を求めるという事態が発生している。これは「円覚寺文書Ⅱ」にみられる。

この辺りは下流に向かって乱流し、筏流しの難所で、木曽川の流木を係留すると規定の留下し賃が支給されたという（「寛文覚書」）。

犬山継鹿寺とは、犬山の継鹿尾にあるお寺という意味で、白雉《はくち》五年（六五四）創建の真言宗智山派の継鹿尾山八葉蓮台院寂光院《はちようれんだいいんじゃっこういん》のことで、信長は永禄八年（一五六五）九月十八日、戦略的要所でもあったこの寂光院を訪れ、寺領を安堵、諸役は一切免除する朱印状を出し、美濃侵攻の足固めをしている。

続いて「円覚寺文書Ⅲ」からは次のようなことがわかる。伊勢守護一色義範《よしのり》（義貫《よしつら》）が守護代に対し、担当の寺僧とも相談の上、間違いなきよう、材木輸送の船の手配をすることを、上様すなわち第四代将軍足利義持の仰せであるとして命じている。

この一色義範（義貫）は吉良氏、今川氏、斯波氏などと並ぶ清和源氏の家系で、足利義氏を祖とする足利一門衆の一色氏のことである。

一色氏は三代将軍足利義満の代から、山名《やまな》・京極《きょうごく》・赤松《あかまつ》と並び、四織《ししき》として、細川《ほそかわ》・畠山《はたけやま》・斯波《しば》の三管領《さんかんれい》の下で、侍所頭人《さむらいどころとうにん》（所司《しょし》）すなわち長官を務め、勢力を張っていた。

一色氏六代義範の時、三河・伊勢・丹後・若狭・尾張の知多郡と海東郡を支配下に置き、大勢力となり、略《ほぼ》、伊勢湾海運を制圧するまでになる。

このような状況の中で、義範は美濃木曽山の材木を桑名まで搬《はこ》び、鎌倉へ海送をする手配をしているのである。

なお義範は、永亨十二年（一四四〇）五月十五日、大和出陣中、六代将軍足利義教《よしのり》の大守護抑圧政策の下、誅殺されている。

このように木曽川は、時代時代に大きく貢献し、かつ時の権力者に活用されてきた。特に前述した通り、室町時代、錦織の綱場では、通過する木材に十本に一本の割で課す通行税、分一役《ぶんいちえき》を課したことで相当の分一運上が見込まれたとされ、木曽川がその当時、如何に多くの木曽の材木を伊勢湾へ搬《はこ》んでいたかがわかる。

（円覚寺文書Ⅰ）

正続院造営材木筏百乗但、自河上至綱場三綱分也、任今月十一日御過書之旨、従当年至明年春中、連々運上、云々、無其煩、可被勘過之由候也、仍状如件、

応永廿九年十月十六日　宗恵（花押）　祐具（花押）

美濃国河上関々奉行人中

（「円覚寺文書」相州古文書第三巻）

（円覚寺文書Ⅱ）

円覚寺末寺正続院材木、今度洪水、当国犬山内継鹿尾寺流留、云々任奉書之旨、寺家材木奉行方へ可被返渡之由候也、恐々謹言。

應永三十年八月四日　常竹（花押）

織田蔵人入道殿　織田左近入道殿

（「円覚寺文書」相州古文書第三巻）

（円覚寺文書Ⅲ）

円覚寺正続院造営材木事、当国桑名より、海上を被下候、上様より、鹿苑寺をもて被仰出候、仍郡内船事、運賃有限事ニ候へハ、奉行僧申談、可被申付候、たとい旅舟などにても候へ、漕賃可有力下行候之上者、堅可被申付候、不可有無沙汰之儀候、謹言、

（應永卅一年）五月八日　　義範（花押）

御賀本左衛門太郎殿

倉江加賀入道殿

（「円覚寺文書」相州古文書第三巻）

三

いよいよ、木曽川と係わる信秀と信長の時代となる。

まず、信秀について。

木曽川を挟んで道三と戦い、大敗北を喫した天文十三年の信秀のことは先に述べた。話は、この四年前の天文九年（一五四〇）の六月に戻る。

信長を救った政秀に、係わるからである。

伊勢神宮の外宮神主度会備彦《わたらいともひこ》は、幾度となく家老職の政秀を通じて、織田信秀に外宮仮殿造替費用の支援を懇請していた。度会は朝廷に造営を要請していたが、朝廷は衰微し、その力はなく、信秀に頼んできたのである。

それは多分、その昔の天文二年（一五三三）七月、公家で蹴鞠《しゅうきく》・和歌二道として名高い飛鳥井《あすかい》家の雅綱《まさつな》ら一行が信秀と政秀に招かれ、勝幡の屋敷で大歓待を受け、その折、弾正忠家の信秀、家臣政秀の羽振りの良さが朝廷・公家・社寺などの知るところとなり、神宮の度会に伝わっていたからであろう。

恰度《ちょうど》、三河安祥城《あんじょうじょう》を攻撃中であったが、信秀は快諾し、黄金十三枚、金五枚、銭七百貫文を外宮に進上している。

その時、信秀は木曽山で造営用材の手配をしているのである。

造営用材の木曽木材は木曽川の水嵩《みずかさ》が増し、洪水が起こりやすい夏期を避け、水量が少なく比較的安定している秋から冬が選ばれ、錦織綱場から桑名までの二十里を筏送された。錦織綱場から筏が出発するのは午前四時頃の、夜明け前の真っ暗で、極寒の時刻であることを考えると、筏師には高い技術と根性が求められたと思う。

桑名から大湊へ海送された木材は宮川を遡り、半年後の十二月二十一日に、無事、外宮に到着。その後、造営が始められ、天文十年九月二十六日、造営は滞りなく、外宮神主、度会備彦の手で執行されたとされる。

これも、木曽川があればこそである。

ここで初めて、木曽川は尾張織田弾正忠家と係わりをもったことになる。

と同時に、伊勢神宮の外宮や朝廷だけでなく京の公家や社寺の関係者らと、織田弾正忠家は多くの人脈を構築できたのである。

そして、その人脈は政秀によって、大いに活用され、最終的に信長の財産となり、その戦略確立に寄与することになる。その意味で、信秀は銭を投資し、人脈という財産を手に入れ、信長に残したということができる。

次に信長である。

吉法師《きっぽうし》と呼ばれた幼少の信長は誕生後、およそ九年間、勝幡の屋敷城《やしきじろ》に居た。吉法師が那古野城へ移るのは、天文十一年（一五四二）、吉法師九歳の時である。

那古野城は、愛智郡の臍《へそ》と言って良い清須から熱田に通じる交通の要地にあって、駿河の今川義元の末弟、今川那古野氏《なごやし》である今川氏豊《うじとよ》（幼名竹王丸《たけおうまる》）の居城があった。柳御丸《やなぎのおんまる》と称されていた。余談であるが、かつて尾張は駿河・遠江の守護今川氏が治めていた（明徳四年・一三九三年）。その後守護は斯波氏となるが、この尾張中原の那古野村《なごのむら》は足利幕府の奉公衆として今川氏の領地になっていた。

天文七年（一五三八）夏、信秀は策略により、今川氏豊を追い出し、那古野城を奪取すると、この城をより堅固にする修繕強化工事を行うと共に、天文九年、自身の菩提寺曹洞宗亀岳山萬松寺《ばんしょうじ》を城のすぐ南方に創建し、戦火で焼失した若宮社、天王社、天永寺、安養寺、町屋などを再建する。

再建が終わると、信秀は吉法師をはじめ、弾正忠一家を勝幡から新装成った那古野城へ呼び寄せるのである。（「那古野村之古図」名古屋市博物館蔵）

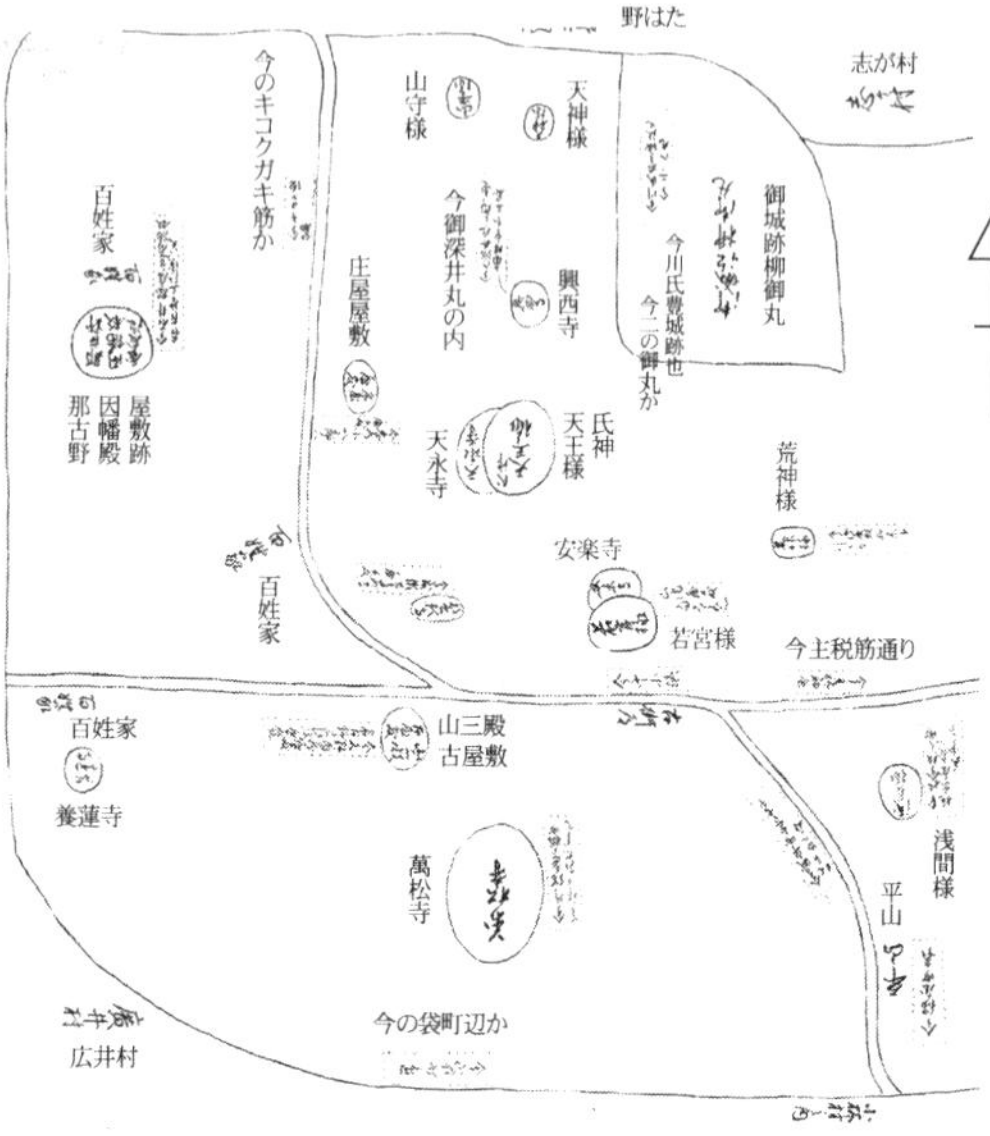

那古野村之古図（名古屋市博物館蔵）

さて、信長の住んでいた勝幡は前述の通り、その周辺の地はかつて一《いち》之《の》枝《え》川（石枕川《いしまくら》）、二之枝川（般若《はんにゃ》川）三之枝川（浅井《あさい》川）など、木曽七流とも八流とも言われた木曽川の枝川から分流した幾つもの支流が流れ込んでいた。

すなわち、日光川、領内川、三宅川など木曽川の支流が集結する地で、繰り返すが、勝幡は水郷の里であった。（「図 16世紀の木曽川流域と信長ゆかりの地」）

時代を遡り、古代最大の内戦といわれる壬申《じんしん》の乱（天武元年・六七二年）の時、吉野を脱出した大海人皇子《おおあまのおうじ》は伊勢湾の海上交通の要所伊勢国桑名を前進基地とし、尾張国司小子部《ちいさこべ》連《むらじ》鉏鉤《さひち》へ軍使を送る。

軍使は伊勢湾から木曽川を上がり、津島の湊から、その内湊である屯倉《みやけ》川（三宅川）の塩畑（勝幡）の湊を経て尾張中島郡の国司の政庁（稲沢《いなざわ》松下）に向かっている。この八六二年後、この勝幡に信長が誕生し、九年間、この地で育ったことは注目されなければならない。

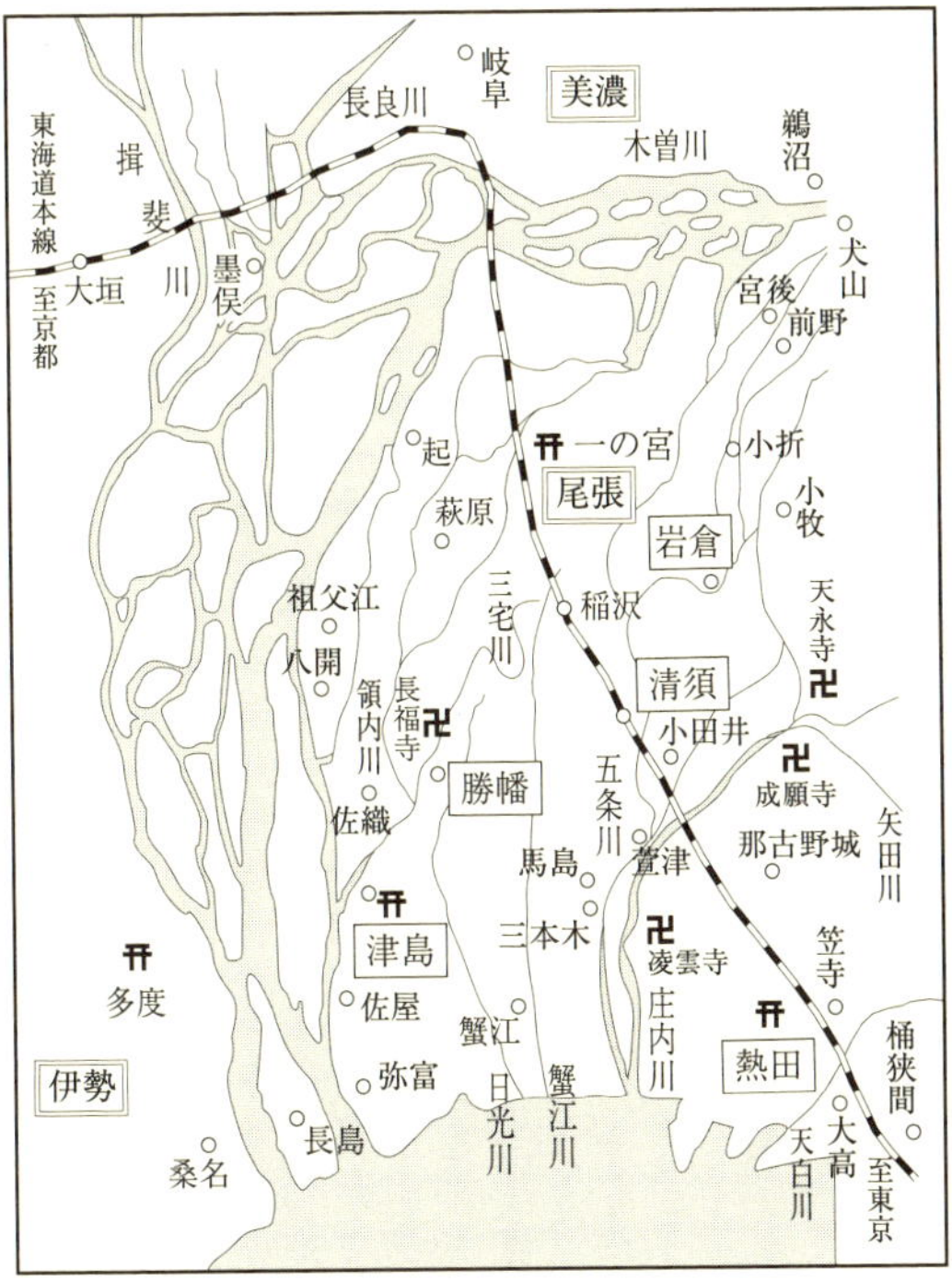

図　16世紀の木曽川流域と信長ゆかりの地

勝幡の玄関的存在である津島の湊は、伊勢国と尾張国の出入口であると同時に、伊勢湾の海運の湊で、商売は繁盛し、情報が溢れていた。

その津島を支配下に置いた勝幡城の信定、信秀の下で育った信長は銭と情報の大切さとその力をいろいろ学ぶことになる。

もちろん、刻々と移り変わる水郷地帯の自然の恐怖を肌で感じたことも大事な学習であったであろう。

その中で、木曽川など、川の舟運、伊勢湾の海の海運から得られる財力について、祖父信定、父信秀、傅《ふ》政秀から幾度となく教えられ、それらのことは、幼い信長の心身に、深く染み込んだのである。

そして、経済を重視して、祖父が津島の湊を、また、父が熱田の湊を、それぞれ支配したように、信長もその観点に立って、ごく自然に木曽川に目を向けることになる。

すなわち、木曽川の舟運、馬借《ばしゃく》（運送業者）により灰（染料用）・油の商いで栄えていた生駒八右衛門家長《いこまはちうえもんいえなが》を支配するのである。

生駒は応仁・文明（四六九―八六）、大和生駒（奈良県生駒市）から、尾張丹羽郡小折《こおり》村（江南市小折）に移住したと伝えられている。

「生駒家は富家で、土居堀割りをめぐらし、この堀割り深く水をためて、堅固なる土居内に、土くら三棟立ち並び、木戸厳重にして、木立ち生い茂り」（「武功夜話」新人物往来社）小折の屋敷は広大であったと伝わっている。

この屋敷には、木曽川の流域の水利に長じた川並衆が出入りしていた。

信長は、この川並衆を配下に置き、結局、生駒家の財と情報、川並衆の戦闘力と情報を手に入れることになる。小六もそうである。

「蜂須賀小六（正勝）丹羽郡宮後《みやうしろ》郷の安井弥兵衛の家に寓居《ぐうきょ》、輩下の無頼《ぶらい》の者、一千有余人、まさに、土族の魁首《かいしゅ》なり」（「武功夜話」）とあるように、小六の母の在所である宮後（江南市宮後）は生駒屋敷から四キロも離れておらず、小六にとって生駒家は願ってもない就職先であったのであろう。生駒屋敷に出入りし、後、信長の配下となっている。

信長は、この生駒屋敷で、財と情報と戦闘力を得たが、世継も得ている。

夫、弥平治某と死別し、生駒屋敷に戻っていた生駒家長の妹、生駒氏（吉野《きつの》、吉乃《きつの》などは「武功夜話」による）を信長は側室とし、嫡男奇妙《きみょう》（信忠《のぶただ》）・次男於茶筅《おちゃせん》（信雄《のぶかつ》）、於徳《おとく》（五徳）を授かる。

信忠は天正十年（一五八二）二十六歳の時、本能寺の変で自刃。信雄は秀吉・家康に仕え、寛永七年（一六三〇）七十三歳で没し、山形天童藩の祖となり、五徳は家康の子、松平信康の室となり、夫信康が武田勝頼に内通した罪で信長から死罪を受けた後、生駒家の小折、京に住み、寛永十三年（一六三六）七十八歳で没す。

なお、生駒は信長の生母（清須の土田《つちだ》郷の土田政久の娘）方の土田政久《つちだまさひさ》の嫡男で土田城《どだ》

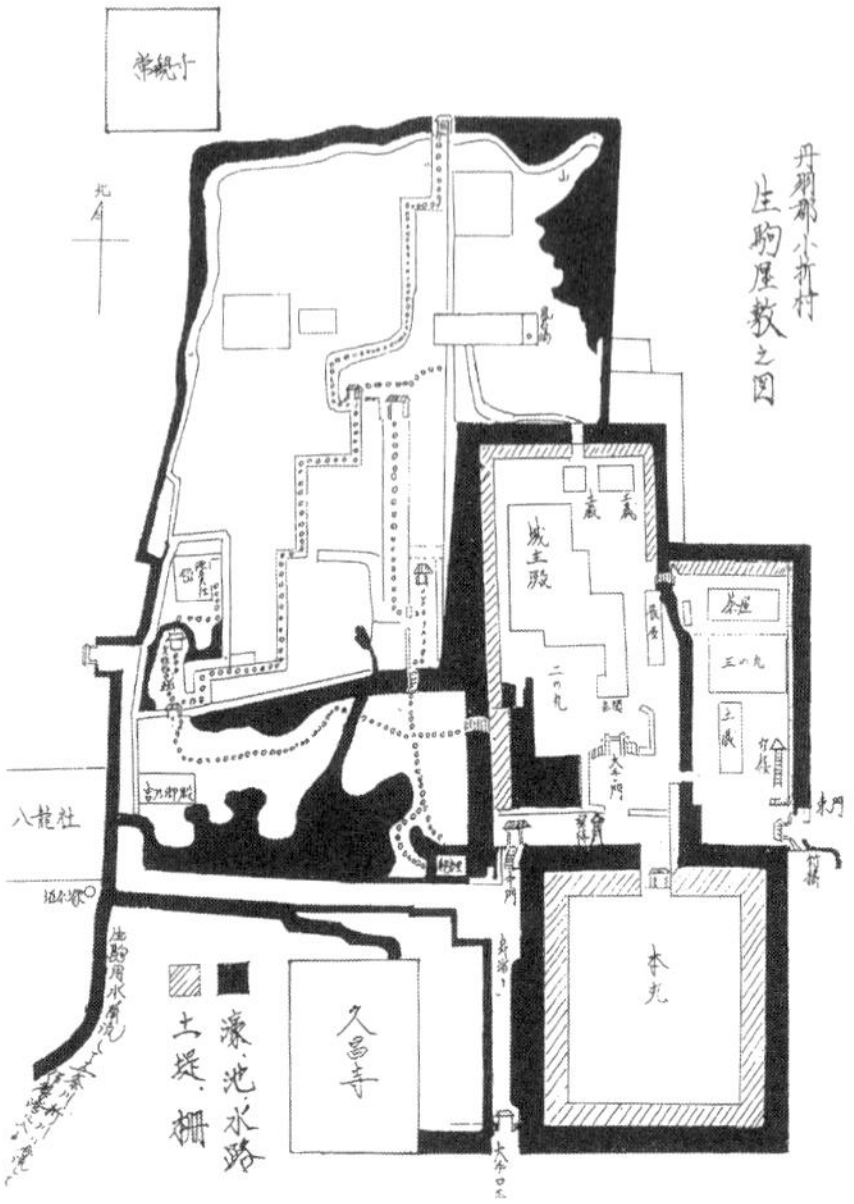

生駒屋敷之図（「信長と生駒史跡」岩田泰平）

（可児市土田《どだ》）の城主土田《つちだ》親重《ちかしげ》（道寿《どうじゅ》）を生駒豊政《とよまさ》の養子としていたため、元々、信長は生駒と縁はあった。

信長は、その生駒をしっかり狙っていた。その根底に、木曽川の舟運と情報を獲得しようとした信長の戦略があったからである。

考えてみると、この生駒屋敷の地は古代、木曽川が本流から、下流に向かって、多くの枝川を発していた根元に近く、勝幡と同じ、水郷の里であった。

「生駒屋敷之図」がある。

この生駒屋敷の絵図には、信長と吉乃の逢瀬の場と伝わる掘と池を廻した一郭、すなわち、吉乃御殿がみられ、また、同じく絵図の南西に屋敷に出入りする生駒用水がみられる。生駒用水は五条川、新川と合流し、伊勢湾に出るという舟運を構築しており、生駒氏が水郷の地を上手く経済に活かしている様子が窺える。

伊勢湾の各湊からの物資とともに、様々な情報も、この生駒用水が吸い上げていた。まさに信長にとって、この吉乃御殿は願ってもない情報基地であった。

信長が生駒屋敷に出入りを始めたのは天文十七、八年の信長十五、六歳の頃であろう。丁度、より効果的に情報網をつくろうしていた時だけに、生駒屋敷を掴んだことは、信長にとって大きな成果となった。

木曽川の恵みとも言えるこのような風土で育った信長は、やがて自身の親衛隊を構築する時、武器装備と組織力に重点を置いた戦闘力の強化を計ることになるが、それと並んで、むしろ、それ以上に情報力を重視することになる。

幼少の頃から信長は戦いにも、財の獲得にも、いかに情報が大事であるかを木曽川の流域で学んだからである。

四

さて信秀の遺産の一つが、天文九年の伊勢神宮の外宮の人脈である。

信長は永禄二年（一五五九）春、尾張を統一すると、対今川義元の情報収集に一層、力を注ぐことになる。義元の尾張侵攻が迫っていたからである。

信長は義元の情報を入手する一方法として伊勢神宮豊受《とようけ》大神宮（外宮）の御師（おんし、おし）上部《うわべ》大夫を積極的に活用する。すなわち、信長方専属の情報屋としてである。

御師は戦国時代、伊勢神宮へ戦勝祈願する武将の依頼を受け、神前に祝詞《のりと》を奉上し、多くの家来、手代を抱え、全国の檀家を巡回訪問もする。よって御師は情報屋であった。

信長は父信秀の時代からの御師という人脈に対し、常日頃十分資金援助をし、大切に扱っていた。二十七歳の信長は義元との決戦の際も、この御師から義元の尾張侵攻の時期などの情報を入手していたのであろう。

ここで余談であるが、御師と各大名の関係について、少し触れたい。

信長・秀吉は外宮上部大夫、北畠《きたばたけ》は内宮高田大夫・外宮蔵田大夫、徳川は内宮山本大夫・

外宮青木大夫、毛利は内宮山本大夫・外宮福井大夫、など、特定の御師と緊密な関係にあり、ほとんど変化しなかったようである。

御師は熊野三山・賀茂神社・日吉神社等でもみられるが、伊勢神宮はとりわけ盛んであった。また、御師の出身は神官・土倉《とくら》経営蔵方商人（質屋）・豪商人・有力町衆等である。

信長は岐阜城から安土城へと、天下統一に向かって破竹の進撃を続けて行くが、伊勢神宮に対しては、終生特別に支援を続けていた。

天正十年（一五八二）一月二十五日、外宮権禰宜上部大夫貞永《ごんねぎうわべたゆうさだなが》が掘秀政《ひでまさ》を通じて外宮正遷宮の資金千貫文を乞うてきた時、信長は「一昨年、石清水八幡《いわしみずはちまん》の造営の際、三百貫かかるとのことであったが、実際は千貫かかっている。千貫ではできないであろう。」（「信長公記」十五巻）と、弓の名手・平井久右衛門尉《きゅうえもんのじょう》を奉行に命じ上部大夫にまず、三千貫を与え、次に、岐阜中将信忠に命じて、城中に貯えてあった銭一万六千貫をその費用に当てさせている。

しかし、信長は正遷宮を見ることなく、同年六月二日、本能寺で自刃する。

享年、四十九歳であった。

この時、遷宮の用材の仙山は木曽山の南木曽の川向《かわむこう》（長野県木曽郡南木曽町読書《よみかき》川向）の伊勢山（矢立《やだて》山）と言われる。その日、信長暗殺を告げる声が、木曽の御仙山の川向で聞こえたと伝えられているのは、信長がいかに厚く神宮を支援していたかを物語っている。

天正十年六月二日木曽、**川向**にて信長公京都にて御生害なり、早々伊勢へ帰るべしと呼びけるは誠に不思議也云々　（「伊勢太神異記」）


そのためか、御仙山は急遽変えられた。

新しい御仙山は伊勢宮川の上流の江馬山や紀伊半島の最高峰大杉であった。

このことが契機になり、江戸時代、御仙山は尾張藩の木曽山と紀州藩の大杉谷を交互に用いてきたが、大杉谷は野獣が徘徊する嶮岨《けんそ》な杣道《そまみち》のため、文化六年（一八〇九）第五十二回以降、今日まで、御仙山は木曽山が選定されている。

良質の檜を産出する木曽山を抱く水豊かな木曽川は、良質の水運を提供し容易に運材できる点においては、南紀の大杉の比ではなかったのであろう。

その後、信長の遺志を継いだ秀吉は、天正十二年（一五八四）遷宮の費用として、金子五百枚で五千両、銭一万貫文、米一千石を寄進している
翌天正十三年、両宮の式年遷宮（第四十一回）が無事行われた。永享年間（一四二九〜四

一）の内宮・外宮正遷宮以来、およそ百五十年ぶりの両宮遷宮の復旧であった。

　このように木曽川は信長が勝幡で生まれた時から係わり、恐怖と恵みと情報を信長に与え続けてきた。そして、信長は木曽川から学んだ情報を戦略の基本に据え、戦国の世を勝ち抜いていったのである。

　まさに木曽川は信長を育てた川である。やがて木曽川はその最上流で信長の死も告げることになり、結局木曽川は信長の一生をみていたのかもしれない。

「尾張名所図會《ずえ》（会）」後編の「巻六」に、木曽川についての説明がある。この「図曾」は小田切春江《しゅんこう》・森高雅による絵、岡田哲・野口道直による文から成り立っている。（天保十五年に前編。明治十三年に後編が出版されている。）

　長文であるが、名文であり、急所を衝いているので参考に記して括りとしたい。

「水源は信州鳥居《とりい》峠より出で、濃州《じょうしゅう》を経て、桑名の海まで、五十里（約二百キロ）の長流にして、水勢劇《はげ》し、栗栖《くるす》（犬山市）に至って、はじめて尾張に入る。比あたり、川中に、奇石怪岩畳々《じょうじょう》としてそばだち、古木森々《しんしん》と茂りて、風景他に異《こと》なり。実に、蜀江《しょくこう》の碧水《へきすい》もかくやあらんとおしはらる。」

「大吉蘇《おおぎそ》や、おぎその川は、みすずかる、信濃の国の、山々の、谷の雫《しずく》に、落ちつもり、たぎちあいつつ、はろばろに、流れてたえず、いにしへゆ、吉蘇《きそ》と名におう、名《な》ぐわしき、このきそ川は、山鳥の、尾張の国と、ももしぬ、美濃の国と、みつ栗の、中をながれて、犬山の、里を湊と、百津船《ももつぶね》、ここにつどいて、あしたには、筏《いかだ》を下し、ゆうべには、船引《ふねひ》きのぼり、上《かみ》つ瀬《せ》に、梁《やな》うちわたし、下《しも》つ瀬に、大綱引きて、鱒鱸《ますすずき》、さばしる年魚子《あゆこ》、そをとると、さわぐ海士《あま》らが、よび声も、さやにきこえぬ、これのこの、大ぎそ川は、もろもろの、みなたりみちて、うまし川のまぐはしき川ぞ。

来て見てもみがほし川ぞ大吉蘇や
おぎその川はみがほし川ぞ　　秋輔」

（木曽の名は続日本紀・日本三代実録では吉蘇と記されている。）

信長を救った男

平手政秀木像（名古屋市中区「政秀寺」蔵）

第一章　萬松寺——信秀の葬儀

一

政秀《まさひで》は、間もなく厳粛なこの本堂の雰囲気が一変するであろうと思っていた。

葬儀の場である、本堂はさながら尾張を領する部族の集会場であった。

この場で喪主の三郎信長が、

「どのような姿で、どのような振るまいをするか」

政秀は既に予測していた。

また、幼少の頃より信長の傅《ふ》（養育係）を務めてきた自分に厳しい非難の目が向けられることについて、政秀は覚悟ができていた。

本堂に入り、席に着いた。つい先刻まで政秀は信長が何を考え、何をしようとするか、思索に耽っていたが、読経《どきょう》が始まるや否や、はっきりと信長の姿、行動、考えが浮かび、その瞬間、政秀の脳裏から不安と迷いが消え去っていた。

天文二十一年（一五五三）三月三日、織田《おだ》弾正忠《だんじょうのじょう》家の大黒柱、織田備後守《びんごのかみ》信秀《のぶひで》の葬儀が盛大に執り行われていた。

場所は曹洞宗亀岳山《きがくさん》（林）萬松寺《ばんしょうじ》で、信秀自身の菩提寺である。

軍事力、経済力、共に尾張の第一人者まで昇り詰め、尾張の虎とも呼ばれた信秀は、齢《よわい》四十二の、まだまだ働き盛りであった。

この信秀の死は尾張国内外に驚きをもって伝わり、同時に緊張が走った。

信秀の死は突然のことと世間では思われていたが、実際は一年以上に及ぶ闘病の結果であった。政秀は信秀の病を必死に隠していた。そのため、世間では流行病（疫癘《えきれい》）にかかり、亡くなったとされていたのである。

そもそも、弾正忠家の格式は決して高いものではなかった。

当時、尾張は八郡から成り、守護の斯波《しば》氏が統治していた。元々、斯波氏は細川《ほそかわ》氏・畠山《はたけやま》氏と並び、足利幕府の御三家三管領《かんれい》として、将軍の補佐役を務めるという高い格式をもっていた。

その守護斯波氏の下で二人の守護代が各々四郡ずつ分担していた。守護代織田伊勢守《いせのかみ》は岩倉城《いわくら》（岩倉市）を拠点に、丹羽《にわ》・葉栗《はぐり》・春日井《かすがい》・中島《なかしま》の上四郡を担当。守護代大和守《やまとのかみ》は清須城《きよす》（清須市）を拠点に、海西《かいせい》・海東《かいとう》・愛知・知多《ちた》の下四郡を担当していた。

そして、弾正忠家は清須の守護代大和守の配下の三人の家老（奉行）の中の一人に過ぎなかったのである。

その弾正忠家を尾張の実力者に押し上げる基礎をつくったのが、勝幡《しょばた》に城（愛西市《あいさい》勝幡から稲沢市平和《へいわ》に跨がる）を築いた信長の祖父、信定（信貞）であった。

信定は津島衆と津島湊を支配し、伊勢湾の海運と木曽川の舟運を活用、財を成した。

その子、信秀は、この津島の経済力を踏み台に、尾張中原《ちゅうげん》への進出を目論む。

まず信秀が狙ったのが、今川義元の末弟の竹王丸《たけおうまる》（後の今川氏豊《うじとよ》）の居城で、柳御丸《やなぎのおんまる》と言われた那古野城《なごや》である。今の名古屋城二の丸跡付近の那古野村《なごの》にあったとされる。

信秀は策略でもって那古野城を攻略すると、計画通り、熱田衆と熱田湊を支配する。勢いに乗った信秀は知多・西三河・西美濃と勢力を拡大し、尾張から西三河に跨がる伊勢湾の主要な湊を支配する。

この結果、弾正忠家の経済力・軍事力は格段に向上し、信秀は尾張随一の実力者まで上り詰める。

三十三歳になった信秀は、天文十二年（一五四三）、前年勝幡城から那古野城に移していた吉法師《きっぽうし》を三郎信長と名乗らせ元服させている。

「あの頃が、信秀の絶頂期であった」

政秀は一つ溜め息をつき、本堂の正面へ顔を向けたがすぐ目を瞑《つむ》り、思い出を辿《たど》った。

号が享禄《きょうろく》から天文《てんぶん》に変わってから、政秀は信秀の元で生き生きと飛び回っていたように思う。

伊勢・京都・奈良などの社寺、朝廷、公家《くげ》などを信秀の命で訪ねる一方、歌や鞠《まり》の行興を策し、連歌師《れんがし》、公家、尾張の豪族、豪商、社寺の関係者を、勝幡、那古野の屋敷城《やしきじろ》に招き、交誼を深め、人脈づくりに精を出していたことを政秀は走馬燈のように思い出していた。

ここに信秀の絶頂期を物語る興福寺多聞院の僧英俊《えいしゅん》の日記がある。

御所の内裏《だいり》（天皇の御殿。禁裏《きんり》）の建物の周りの屋根などの破損の修理に、尾張の織田弾正忠信秀ごとき中央では知られていない人物が、料足（料金として銭）四千貫も献上するとは誠に不思議であり、驚くべき大きな行いであると、英俊は記している。

当時、京の公家・寺社等は、尾張の一部将がどの大名も及びもつかない高額の銭を献上したことに驚くと共に、「をたの弾正」という名をしっかり記録することになる。

もっとも一部の公家の間では、その十年前の天文二年には、織田の信秀の名は既に知られていた。


或人びと、内裏《だいり》の四面の築地の蓋《ふた》を、尾張の**をたの弾正**と云う物、修理して、進上申すべく由申し、はや**料足《りょうそく》四千ばかり**、上り了《おわ》る、云々、事実においては不思議の大営か。

（「多聞院《たもんいん》日記」天文十二年二月十四日の条）


銭、四千貫について、触れておきたい。

一貫を仮に、秀吉以降に定められた単位の石《こく》高換算すると五石となる。四千貫なら二万石である。現実に領主に入る実収入の一割を寄附したとして、信秀は既に実収入二十万石の実力ということになる。また、表高《おもてだか》（名目石高）の約半分が実収入とすると、信秀は何と表高にして四十万石の大名となり、尾張全体五十七万石の約七割を占めていたことになる。

また、別の角度からみると、銭四千貫文は四百万文であるから、一文を現在の百五十円程度とすると、約六億円という大金となる。

いずれにしても、当時尾張の一部将のこのような行為は、京人にとって仰天すべきことであった。


その頃が信秀の絶頂期であったと、政秀は繰り返し思い出していた。

当然のことながら、織田の信秀の勢いと実力は朝廷をはじめ公家、寺社にも鳴り響き、尾張では守護、守護代を初め、他の領主達を圧倒していた。

その実力を背景に信秀は尾張衆を率い、宿敵である駿河の義元・美濃の道三と峻烈な戦いを繰り広げてきた。

信秀は他国と戦う時は格式を上手く使い、守護の名の下に、尾張衆を上から下まで総動員させていたのである。

しかし、絶頂期は永くは続かなかった。

翌年の天文十三年九月二十二日、尾張衆を率いた信秀は道三に大敗北を喫する。

そして、この時を境に信秀は道三と義元との戦いにことごとく敗れるか、劣勢に立たされることになる。

その結果、天文十八年（一五四九）までに西美濃・西三河からの撤退を余儀なくされ、道三・義元により、尾張の国境《くにざかい》が突破されるのも真近にせまっていた。

すると、尾張衆は一転して、それも一斉に、勢力と運気が急低下した信秀を潰し、弾正忠家の打倒へと急速に傾いていった。

一方、道三・義元の調略の手は清須・岩倉の尾張衆にたいしてだけでなく、信秀の家臣にまで伸び、同時に尾張の国境が慌ただしくなり、弾正忠家はまさに危急存亡の危機に陥る。

天文十九年（一五五〇）の暮、このような状況の中で、信秀は傷心の内に病に倒れ、嫡男三郎信長は最悪の状況の中、人生で最初の危機に直面することになるのである。

二

再び萬松寺の本堂。

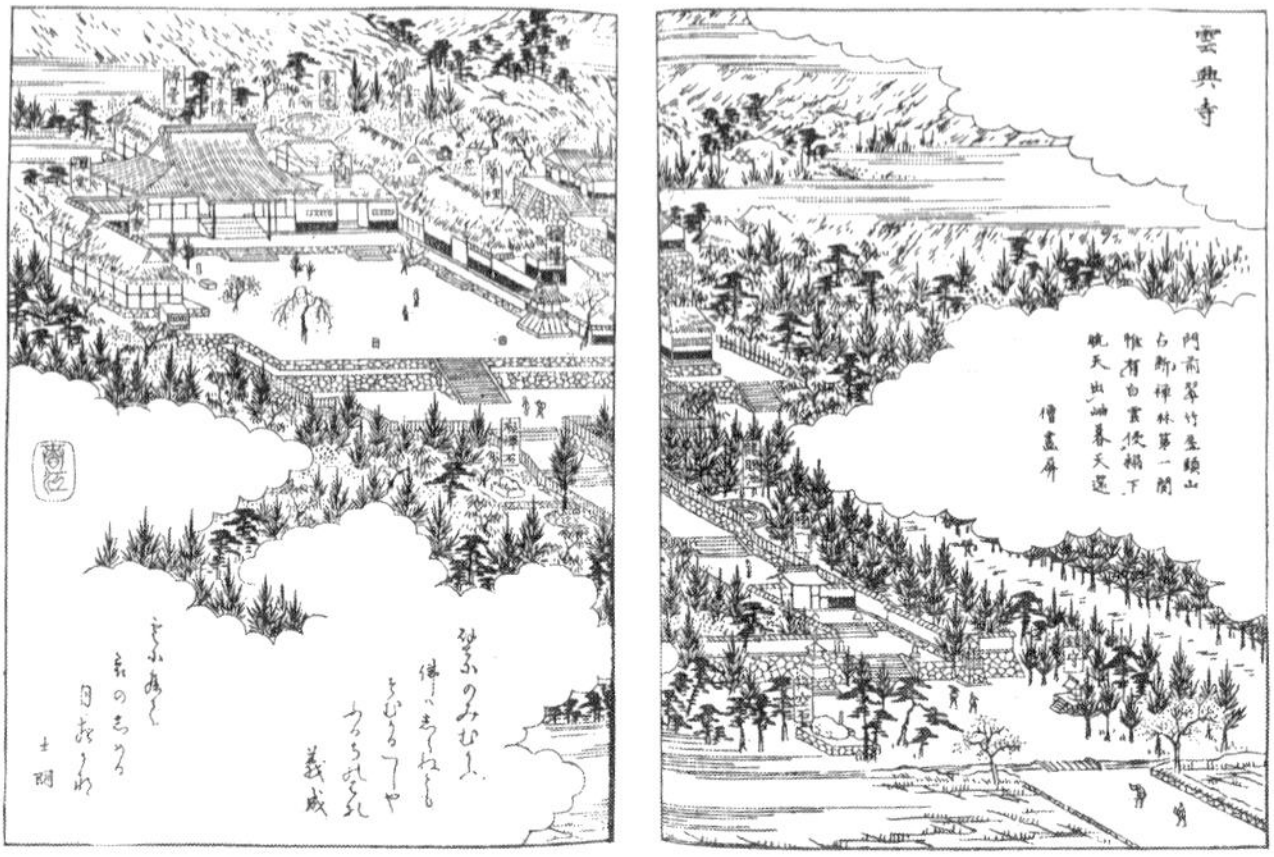

雲興寺図（尾張名所図会）

本堂は多くの参列者で溢れ、ざっと三百人にも及ぶ僧による読経は朗々と響き渡っていた。

喪主である信長は、尾張国中の僧だけでなく、街道を行き交う寺を持たず修業している雲水も、銭を用意して沢山招いていた。

これら僧の中には、今川義元の軍師雪斎《せっさい》の諜報を担う時宗の遊行僧も紛れ込んでいた。

しかし、信長はそのことを百も承知であり、むしろ、そのような僧を積極的に招いていたと言って良い。

葬儀は道師《どうし》大雲永瑞《だいうんえいずい》によって、粛々と進められていた。

大雲は萬松寺の開基で信秀の伯父である。

かつて大雲が住職だった曹洞宗大龍山雲興《だいりゅうざんうんこう》

寺《じ》（瀬戸市白坂）は、天文十九年の夏、西三河から、尾張の北東方面の要所である瀬戸へ侵攻してきた今川軍により焼失し、寺には今川義元の禁制《きんせい》（禁止事項を広く示すために作った文書。制札）が掲げられたこともあった。（「雲興寺図」）

しかし、後、信秀はその再建を支援し、寺では信秀のことを再興開基と崇め、信秀と大雲は深い信頼関係にあった。

なお雲興寺が信秀の支援の下、再建することができたのは、義元との和睦が背景にある。このことは後述する。

後日談であるが、信長が桶狭間の戦いに勝利した時、大雲は既に七十九歳であったが、信秀が心に掛けていた信長が大器であったことに満足し、あたかもそのことを見届けたかのように、その二年後亡くなるのである。

この雲興寺と信長のことも触れておきたい。

室町時代（一三八四年）創建された雲興寺の由緒によると、

「二代天先祖命禅師《てんせんそみょうぜんじ》の時、磐石《ばんじゃく》の上で、座禅をくんでいた禅師は、里で、夜毎、人命を奪う悪鬼に般若経《はんにゃきょう》の無性《むしょう》の義と三帰五戒《さんきごかい》を授け、性空《しょうくう》と名付けた。性空は将来、盗難鎮護《とうなんちんご》の守護神たらんことを誓い、磐石を性空とし、姿を消す。」

以来、当寺は盗難除けにご利益があるとして有名であった。

天正元年に、浅井・朝倉氏を滅亡させ、天正二年には、長島の一向一揆を平定した信長は、自身に縁りのある雲興寺に参詣し、大雲と信秀を偲んでいる。

後述するが、萬松寺の身代わり餅のこともあり、信長は雲興寺の盗難除けを知っての参詣であったであろう。


おもむろに参列者を見渡した政秀は、心配そうに自分を見詰めている信秀の伯父織田玄蕃《げんばの》允秀敏《すけひでさと》に気付き、軽く頭を下げた。

秀敏が老体の身で何を心配しているか、政秀には手にとる如くわかり、哀れを覚えた。

これも後日談であるが、秀敏は信秀・政秀亡き後、信長の大伯父として後見人的立場で信長を見守り続けることになる。

心配症気味の秀敏は信長の「うつけ」に気を揉んで、道三に相談したところ、一ヶ月余り前、冨田《とみだ》の聖徳寺で会見し、信長の本性を見抜いていた信長の舅《しゅうと》道三は天文二十二年六月二十二日秀敏に書状を出し、秀敏を逆に慰めている。

考えてみると、この時政秀は半年前に自害、信長は二ヶ月前に「うつけ」をやめており、老体の秀敏の心配は当たらないが、噂は世間ばかりでなく一族の身内にも深く浸透していたことを示している。

この書状はそれを裏付けると同時に、これ一点だけで「うつけ」信長と「諫死」政秀の策略の非凡さがみてとれる。道三がいかに信長を支援しようとしているかが窺える大変興味深い史料でもある。そこで原文、原文からの書き取り、読み下し、の各々三様を示す。なお秀敏はその後ひたすら信長を支え、桶狭間の戦いの時、最前線の鷲津砦の将として戦い討死、砦は玉砕している。

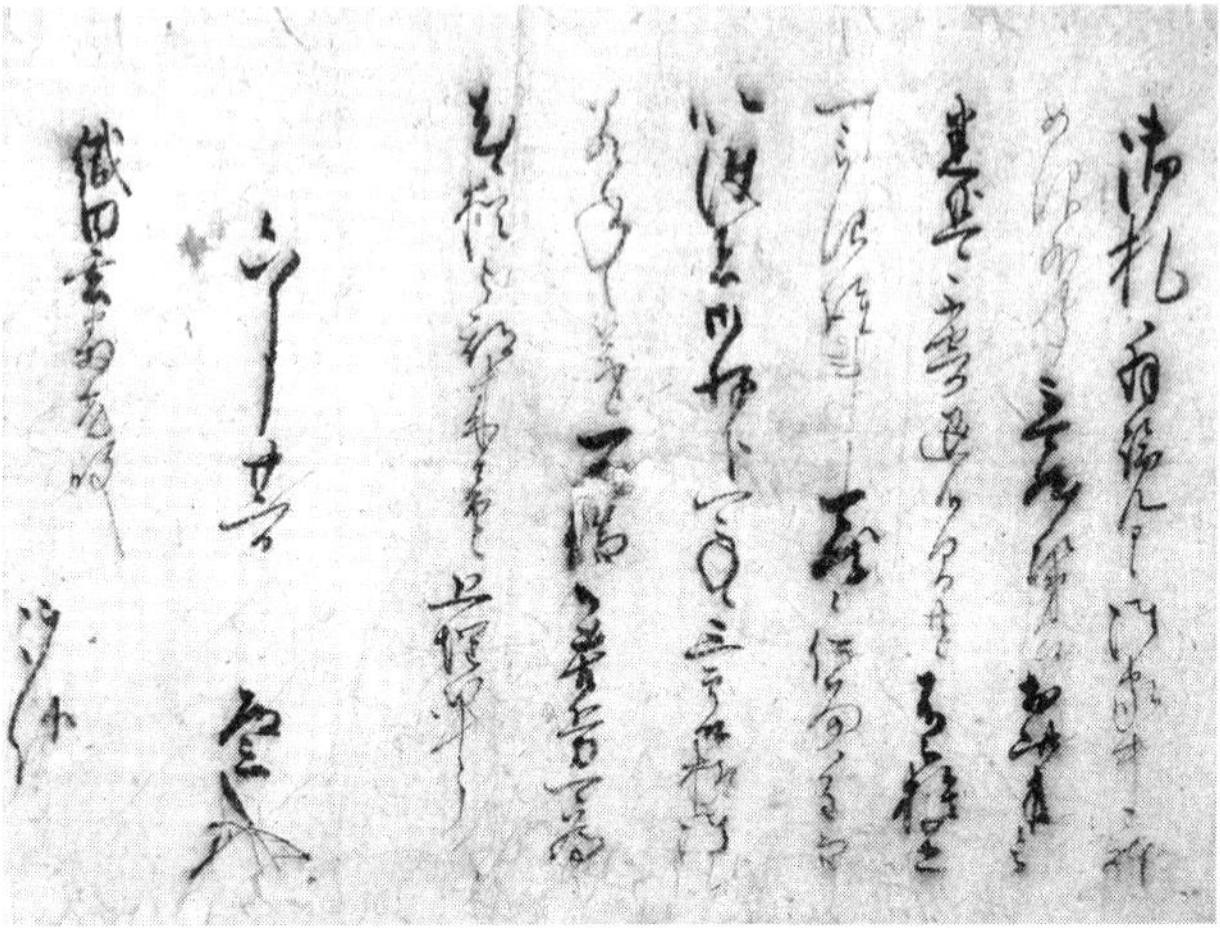

「斎藤道三書状」（名古屋市博物館蔵）

・原文からの書き取り

「御礼拝覧申候、御家中之体、、
如仰外聞不可然次第候、於比方令
迷惑候、不寄退候間共、不被捨置
可被仰談事可然候、何篇重而
以使者御存分可承候、**三郎殿様雖**
若年之義候、不謂御苦労可為
尤候、猶々期来音候、恐惶謹言
六月　廿二日　　　　道三（花押）
織田玄蕃允殿　　御報」

・読み下し
「御礼拝覧申し候、御家中の体、仰せの如く　外聞然《しか》るべからざる次第に候、比方《こなた》に於ても迷惑せしめ候。

　寄り退かず候間ども、捨て置かれず仰せ談ぜられるべき事然《し》かるべく候。

　何篇重ねて、使者を以って御存分承るべく候。三郎殿様若年の義に候といえども、いわれざる御苦労をもっともたるべく候。

　なおなお来音を期し候。恐惶謹言。」


萬松寺の本堂である。秀敏の周りには、信秀の室、土田《つちだ》御前をはじめ、信秀の遺児二十数人とその親族など、弾正忠家一門だけで優に百人を超えていた。

その下座には、信長の家老林新五郎秀貞《ひでさだ》、青山与三右門尉《よぞえもんのじょう》、内藤勝介《しょうすけ》などが政秀の横に座し、更に信長の実弟、末森城主勘十郎信勝《のぶかつ》（後の信成《のぶなり》）の家老柴田権六勝家《ごんろくかついえ》、佐久間

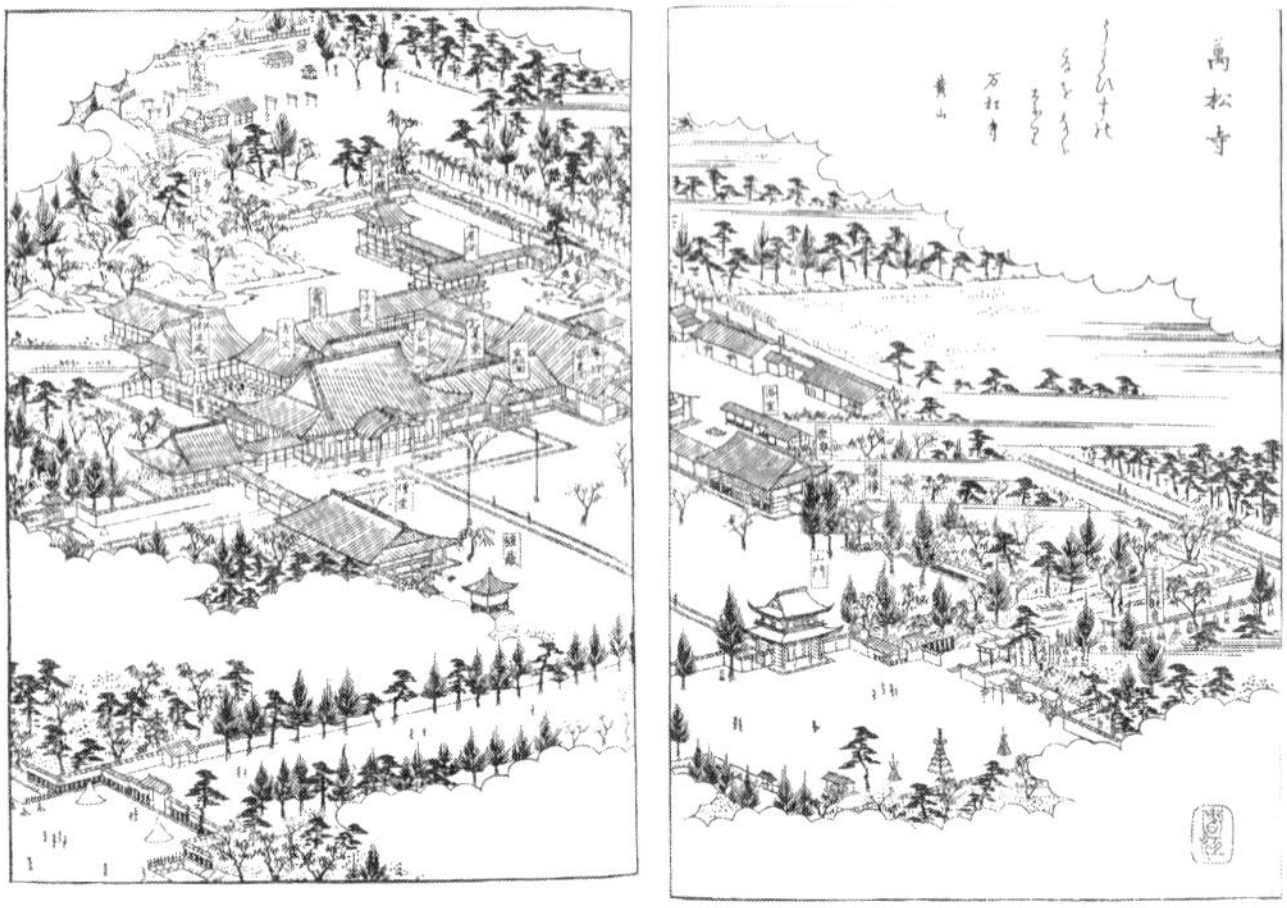

萬松寺図（尾張名所図会）

大学介《だいがくすけ》盛重《もりしげ》、同次右衛門《じうえもん》信盛《のぶもり》、長谷川橋介《はしすけ》、山田弥太郎《やたろう》と続き、家臣団の数も相当なものである。

本堂の前には、那古野城下、津島、勝幡、熱田、清須等から多くの領民が詰め掛け、その数、数千人に上っていた。

創建当時の萬松寺は那古野城のすぐ南方に位置していた。（「萬松寺図」）

その規模は現在の中区錦・丸の内二、三丁目に跨がる莫大な広さを有し、大殿を中心に七堂伽藍の備わった雄大な景観を呈していた。慶長十五年（一六一〇）名古屋城築城にあたって中区大須へ移る。それでも寺域は二万二千三百坪強の広さがあったが三十七世大円覚典和尚が大正元年、その大部分を開放し、現在の大須繁華街が出来上がったという。

これまた余談になるが、萬松寺と信長の逸話を一つ紹介しておく。

元亀元年（一五七〇）四月二十日、朝倉義景討伐で京を発した信長は、四月二十八日の夜、浅井長政離反を知り撤退。世に言う金ヶ崎《かねがさき》の退き口である。この後、朽木谷《くつきだに》（滋賀県高島市朽木）越えで、四月三十日夜十一時頃、帰京。本拠地の岐阜城へは六角義賢《よしかた》（佐々木承禎《じょうてい》）の挙兵のため近江路を断念し、甲賀から千草越《ちくさごえ》に進むが、五月二十日、千草山中の甲津畑で、六角氏に通じていた紀州根来《ねごろ》衆の鉄砲の名手、杉谷《すぎたに》の善住坊《ぜんじゅうぼう》が鉄砲四丁で信長を狙撃。信長は危うく難を逃れ、桑名に出て船で尾張へ渡り、五月二十一日、岐阜城に辿り着いている。

善住坊の放った弾丸は信長の懐中にあった萬松寺の干し餅に当たり、幸いにも信長は命拾いしたという。

加藤清正《きよまさ》は、この話を聞き、萬松寺の不動明王を「身代わり不動」と命名。現在、二十八日夜六時より、災難、厄除けとして、参拝者に「身代わり餅」が振る舞われている。

これも萬松寺を開基した大雲和尚と、創建し祀られる信秀、二人の御加護と思われるのである。

天正元年（一五七三）九月十日、信長は先の善住坊を近江高島（高島市高島）に捕え、岐阜城下で直立のまま土中に埋め、鋸引《のこびき》の刑に処している。

三

時たま参列者から型通りの挨拶を受け、その都度目礼を交わすと、政秀はすぐ目を瞑《つむ》り、思考に入っていった。

ただ、挨拶を受け顔を上げるたび、政秀の目線はほんの一瞬だけ空席になっている最前列の席に投げかけられていた。

序々に焼香の時が近付いていていたが、喪主織田三郎信長の席は空いたままである。

親族、重臣の中から、姿を見せぬ信長に対する批難の囁《ささや》きが政秀の耳に入ってきた。その中には、信長の傅として政秀を批難するものも含まれていた。

はたして、焼香という時本堂に入ってきた信長の姿と行動は参列者の目を疑わせるようなものであった。

「うつけ」姿で大香炉の前に歩み寄った信長は、次の瞬間、抹香を手づかみにすると、仏前に投げつけ、たちまち帰ってしまったのである。

「信長公記」首巻には、このときの様子が生々しくしかし実に短く、淡々と記されている。これにより、後に若き信長を語る上できわめて有名な場面が生まれ、若き信長像がつくり上げられる。

信長が本堂に入ってきた時、ほとんどの参列者は極めて敏感に反応した。ひそひそ話は失せ、視線は一斉に信長に浴びせられていた。その中には遠慮会釈もなく厳しい視線を信長に送り続けている、読経中の僧もいた。

ただ、信長が焼香する直前、大雲和尚の甲高い誦が本堂に響きわたった。

それがあたかも、信長の振る舞いを後押ししたかのようになった。

既に七十一歳に達していた大雲であったが、その声は些《いささ》かも衰えを感じさせず、むしろ激しい気魄を本堂に漂わせていた。

と同時に、悠然と歩く「うつけ」姿の信長に、ほとんどの参列者が目を奪われていたのは一体、何なのであろうか。

「うつけだけであろうか」

政秀は考える。それは大雲と同じ、気魄であると。

百七十センチ弱の引き締まった筋肉質の体から想像もできないくらい華奢《きゃしゃ》で、匂い立つが如くの感じを周りの人に与え、それでいて言葉では言い表せない、何か鋭い気魄を参列者に与えていたからではないか。

「これだけは、信秀にはなかった」

と政秀は呟いた。

しかし、信長に批判的で、信長を引き摺《ず》り降ろそうとしている人達にはそれはほんの一瞬感じられただけのことであろう。

其時、信長公御仕立《おしたて》長つかの大刀わきさしを三五《みご》なわにてまかせられ、髪ハちやせんに巻立、袴もめし候ハて**仏前へ御出有て、抹香をくハつと御つかみ候て仏前へ投懸、御帰**。

御舎弟勘十郎ハ折目高成肩衣《おりめだかなるかたぎぬ》袴めし候て、有へき如くの御沙汰也。

三郎信長公を例の大うつけよと執《とり》々評判候し也。

（「信長公記」首巻）

信長が退席すると、本堂に起こった騒めきは勘十郎信勝の儀礼に適った焼香が始まるまで続いていた。

信長が葬儀の際に振る舞った様子は、瞬く間に尾張の国の内外に伝わり、広まることになる。当然、今川義元の軍師雪斎の元には、葬儀に出ていた時宗の遊行僧から、即刻、次のように報告されたことであろう。

「信秀の跡取り、粗野《そや》で、人望なし」

と。ただ、ほとんどの参列者が信長の振る舞いに対して、大馬鹿者と噂している中で、あれこそは国持《くにもち》の大名となる素質を持った人と断言している僧がいた。信長の「うつけ」を見抜いた人もいたのである。

この時、政秀は重大な決断をしていた。それは身心が引き裂かれそうな状況の中で、「うつけ」の総決算をした信長に、「自分は何ができるのか」についてであった。

突然、本堂に現われ焼香し、退席する信長の姿と行動をちらりと見た政秀は、きちんと肩衣・袴を召した勘十郎信勝が焼香に立ち上がると、目を閉じた。そして、信秀と共に歩み、闘い、信秀の遺言通り、信長を支え続けた天文年間を懐かしく振り返っていた。

それは二十年という短い歳月であったが、政秀にとっては人生の全てであった。

「信秀と闘ったこの天文年間こそ、天国と地獄で綾《あや》なされた歳月であったが、六十年有余の人生の中で最も輝いていた」

と政秀は思っていたからである。

第二章　萬松寺——天文年間の政秀の闘い

一

天文《てんぶん》年間とは一五三二年から一五五五年までの二十四年間であり、後奈良《ごなら》天皇の在位と重なり、室町幕府第十二代足利義晴《よしはる》から第十三代足利義輝《よしてる》の時代である。

世は応仁文明の乱が終わって間もない、戦国時代のど真ん中と考えて良い。

信長の祖父信定が、津島湊に近い日光《にっこう》川・三宅《みやけ》川・領内《りょうない》川が集まる川の湊、勝幡に城を構えた永正年間（一五〇四~一五二一）の終わり頃、三十歳になった政秀は近習として信定に仕えていた。

大永六年（一五二六）年、信定は連歌師、柴屋軒宗長《さいおくけんそうちょう》を津島に招き、十五歳の嫡男、三郎信秀を自分の名代として、連歌の興行に参加させている。

三郎信秀の傅として同行した政秀は、京文化、京の人脈の構築など、様々な事柄を政秀から吸収しようとする好奇心に満ちた信秀の顔を思い出し、信秀の友、大雲に目を遣った。

本堂では弾正忠家親族の焼香が延々と続いていたが、政秀は唯一人瞑想の中にいた。

天文の初めの二つの争乱は印象的であった。急成長し、頭角をあらわした信秀に、織田弾正忠家潰しの嵐が襲いかかったのである。

いよいよ平手政秀の天文年間の幕開けであった。

出る杭は打たれるの喩《たと》え通り、天文元年（一五三二）・天文五年（一五三六）の二つの争乱の原因は、格式以上に信秀が実力を発揮し始めたことによると言っても良い。

「あの二つの争乱の後、信秀と自分は実力を誇示しながら、上位・同位の格式を形式的に認めて、その勢力と調和をとり、結局は信秀に従わざるを得ないという戦略で闘ってきた。しかし、三郎信長は信秀と明らかに違う。独自の考え、戦略を間違いなくもっている」

これは身近な者だけにわかる政秀の直感であった。

今の尾張は戦国の世とはいえ、隙あらば上位・同位・下位もなく領土、政権を奪取しようとする乱世の状況にあり、かつ尾張侵攻を狙う隣国の圧力が一段と強まっている。現状を考えると、信長は次のような判断をするに違いないと政秀は思った。

「まず第一に、自分がいかに信頼のおける軍隊を保有するかである。第二は信頼のおける軍隊を保有した上で、反対勢力を実力だけで制圧し、内容だけでなく形式的にも尾張一となる」

それが信長の目標であると政秀は確信する。

信長の行動を見抜けば理解できるのである。

実力を基に調和と圧力を繰り返しながら、尾張衆との均衡を保つ信秀と政秀の戦略を、信長は九歳の時から那古野城で身近に観察していた。

が、信長十二歳の時、情勢が一変する。旗頭《はたがしら》として尾張衆を率いてきた信秀が道三に大敗すると、尾張衆は一転して信秀の下を離れ、逆に信秀に襲いかかるという出来事を信長は目の当たりにする。

このあたりから信長は独自の戦略を構築し始めたのであろう。政秀はそのことにうすうす気付いていたが、信長が意図している「戦略」と「うつけ行動」とは相互に関係があるということまで、気付いてはいなかった。

話を天文の初めに戻そう。

「天文元年の争乱」は清須の守護代大和守達勝《みちかつ》の三家老の一人で小田井城《おだい》（清須市枇杷島《びわじま》小田井）の城主織田藤左衛門《とうざえもん》と信秀との権力争いであった。藤左衛門は信秀の伯父であるから、いわば同格・同族の争いであった。

当時の信秀の実力は、この争乱で守護代・藤左衛門連合と互角に戦った時点で、守護・守護代を既に上回っていることを示していた。

弾正忠家の頭領として成長した信秀を、この時ほど誇らしく思ったことはなかった。同時に、信秀の下で活躍できることに政秀は生き甲斐を感じていた。

翌年、争乱は和睦により収まる。

この時、和睦の証しとして、信秀は守護代大和守達勝の申し出を受けることになる。

それは、清須城下の海東郡土田《つちだ》郷（清須市土田）の土田下総守政久の女《むすめ》を信秀が正室にむかえることであった。

あの時、政秀は隠密裏に何度も達勝と会い、和睦を模索していた。そして政秀がまとめたのがこの縁談であった。

清須城下の土田氏は守護代達勝の家臣であろう。政秀はそこに目を付け、達勝からの申し出を信秀が謹んで受け入れることで、和睦をまとめたのである。

この後、信秀と達勝の関係は大きく修復された。この和睦は政秀にとって納得のいく満足したものであった。

天文元年の争乱の後の短い間であったが、政秀にとっては楽しい思い出があった。

真っ先に思い出すのは、天文三年五月に嫡男吉法師（信長の幼名）が勝幡の館で生まれた時であった。

孫ができ、お祖父さんになったにこにこ顔の信定もさることながら、争乱の解決、守護代との仲直り、飛躍的に付いた実力等により、充実した人生を歩み始めた信秀にとって嫡男誕生はこの上ない喜びであった。

「益荒男《ますらお》生まる」

と大喜びしていた若き信秀の顔を政秀は鮮明に覚えている。

次はその前年、すなわち争乱の翌年天文二年七月のことである。

京の公家飛鳥井政綱《あすかいまさつな》、山科言継《やましなときつぐ》、蔵人氏直《くろうどうじなお》等を勝幡城に招き、歌・鞠《まり》の興行を武器に、前年争乱の相手となった守護代、藤左衛門らとの交誼を策し、これを成功させた時のことである。

京との人脈の大切さを説いていた政秀の話に、好奇心をもって耳を傾けていた二十一歳の信秀の顔も瞼《まぶた》に浮んだ。

あの時、平手政秀の屋敷に公家三人を招き、造作のすばらしい太刀を贈り、接待をした。至れり尽くせりの持て成しと、数寄屋造りの豪勢な屋敷に住む、たかが田舎大名の家老如き者の豊かさに、公家らは大変驚いていた。

それにしても楽しい思い出であり、また尾張内外の人脈づくりにも成果が得られた。

今朝朝飯平手中務丞有之、各罷候了、三人なから太刀遣候了、**種々造作驚目候了、数奇之座敷一段也**、盞出、八過自分迄酒候了、音曲有之、中務次男七才、太鼓打候、牟藤七才、大つつみ打候、自愛自愛驚耳目候、笛者津島之物とて来候、十一二才之物也、**何も奇特之事也**（山科言継「言継卿記《ときつぐきょうき》」天文二年七月二十日の条）

「天文五年の争乱」は、忘れることができない厄介なものであった。

この争乱は今までの領土・商業などの権利をめぐる勢力争いに、石山本願寺一向宗による領土の支配が絡んだ複雑なものであった。

この時、信秀の一向門徒に対する考えと対応には大変厳しいものがあった。後、那古野城で信秀は信長に一向門徒に対する考えを何度も語っていたものだ。

この争乱の原因は、またしても藤左衛門であった。

一段と実力をつけた信秀に対して、藤左衛門は大変危険なものを感じたのであろう。もっとも、信秀に危険なものを感じていたのは藤左衛門だけではなかったのだが。

文亀元年（一五〇一）蓮淳《れんじゅん》が開いた長島の願証寺（桑名市長島杉江）は、当時、伊勢・尾張・美濃の一向門徒を統制し、この三国の領土に影響を及ぼしていた。

蓮淳は、浄土真宗中興の祖・蓮如《れんにょ》の第十三子である。

願証寺のあった長島は、伊勢湾沿岸の中央に位置し、前述の三ヶ国へ影響を及ぼす絶好の場所であった。一方、その場所は、清須の守護代大和守が統治する下四郡の海西郡に、属していた。

しかし、この天文五年（一五三六）の時点で、願証寺は既に一向一揆の強固な砦となっており、尾張守護代の支配が及ばない領外であった。

このような情勢の中、信秀の統治する海東郡を含む大治《おおはる》、蟹江《かにえ》、佐織《さおり》、弥富《やとみ》など海部《あま》地域を中心に多くの末寺、門徒を有し、地域の有力領主と石山本願寺との取次を勤めていた荷之《にの》上の興善寺《こうぜんじ》（愛知県海部郡弥富荷之上）に対し藤左衛門が合力《ごうりき》を求めたことから、争乱が起きたのである。

かねてから藤左衛門と緊張関係にあった信秀に今度は守護代が味方し、守護代・信秀連合軍と藤左衛門との争乱となった。藤左衛門としては、急伸長する信秀に対し自領と商権を守るため、石山本願寺へ接近し、門徒衆と合力しようと考えたのである。

この争乱の際、一月七日に守護代が、三月三日に信秀に命ぜられ政秀が、それぞれ藤左衛門の件で、石山本願寺第十世証如《しょうにょ》に書状（後述する「天文日記」にみられる）を送り、藤左衛門の非を鳴らして抗議し、領土に対する領主の基本的な考えをしっかり訴えた。

一方、これに対抗して、藤左衛門も証如に書状を出している。このように尾張の領土に一向宗が大きく係わっている様子がみてとれる。

争乱は、翌年の天文六年には落ち着いた。

それにしても信秀と守護代の連繫は良かったと信秀は思う。

以来、守護代大和守達勝と信秀の関係が良好になったことを政秀は思い出し、少し頬が緩むのを覚えた。

ここで、証如について触れておこう。

証如は永正十三年（一五一六）十一月二十日生まれで、大永元年（一五二一）本願寺第十世の予定の証如の父、円如が亡くなったことにより、六歳で第十世となる。証如の後見人には母の父、蓮淳が就いた。

証如は天文二十三年（一五五四）八月十三日、三十九歳で亡くなるが、天文五年（一五三六）から亡くなる直前の天文二十三年八月二日まで、日常生活、行事、末寺門徒との交渉などを日記（「天文日記」）に書き留めている。

従尾張国織田大和守為音信、太刀四五百文之馬代《うましろ》来。従本書札来。其子細者、同名**藤右（左）衛門尉合力**興善寺仕間、迷惑之由之儀。

（「天文日記」天文五年一月七日の条）

尾州平手方より光応寺へ書状のぼせ、興善寺之儀に付なり。

（「天文日記」同年三月三日の条）

「三郎殿のお振る舞いに、ご家老もご消沈なさっていることよ」

柴田権六勝家の聞こえよがしの声で、政秀は瞑想から覚めた。続いて、

「ご焼香で、ございまする」

の案内で政秀は立ち上がった。

「萬松院殿巌道見」

真新しい位牌に、太墨で記された信秀の法号が政秀の目に飛び込み、瞬時に心に焼き付いた。

政秀は立ち竦《すく》み、軽い眩暈《めまい》に襲われ、しかし何故かその時大雲の読経だけが聞こえ、それが信秀の声と重なるという奇妙な錯覚におちいった。

と、次の瞬間、抹香を鷲掴みにして位牌に投げつけたい衝動に駆られ、発作的に体が動き始め、政秀の手が前に差し出された。

それは積み残された難題と、二十も年寄りの自分を残して旅立った信秀に対しての衝動なのか。

政秀は、はっと息を飲み手を止めた。初めて信長の心の奥底にある気持と重なる思いがし、込み上げるものを覚えたからである。

焼香を終え、俯《うつむ》き加減で席に戻る自分の姿は、傅としての責任を負わされた哀れな家老だ

と、参列者に映ったことであろう。

政秀からすれば、「参列者が己に対して持つこの哀れみこそが、信長の意図を密かに実現するために必要となる」ことであった。

間もなく危機に陥る若殿信長に対し、弾正忠家を支え続けてきた政秀が演じる「一世一代の名演技」と、信長への「最後の御奉公」の御膳立てになると、政秀は強く確信していた。

すると随分と心が楽になっていく気がしてきた。

政秀は席に着くとすぐ目を瞑り、過ぎ去った出来事を追憶していた。

二

飛ぶ鳥を落とす勢いが止まったのは、天文十三年（一五四四）九月二十日であった。

一ヶ月前までは西美濃の拠点、大柿城（大垣市）を攻略し、城番に織田播磨守信辰《のぶとき》（織田造酒丞《みきのじょう》）を置き、信秀の勢力は西三河から、西美濃まで拡大していた。

この時点で、信秀の実力と名声は尾張国内に轟いていたのである。

信秀は今回も守護の名で尾張全領土から集めた尾張衆の混成軍を率いて、進むところ敵なしの勢いを誇り、木曽川を渡っていったのであるが、美濃の道三の戦術の前に兵五千人が討死するという大敗を喫してしまう。

この時代、尾張国中から集めることのできる軍兵の動員数は一万四千が最大と考えると、その三分一以上が討死とは大敗北であり、誠に悲惨である。また、この戦いで尾張の有力な大将が相当討死し、当分の間、尾張の軍事力は足腰が弱り、立ち上がれなくなると道三は言っている。

いずれにしても、わずか数十騎の供回りだけで、信秀は這《ほ》う這《ほ》うの体で那古野城に逃げ帰ってきたのであった。

信秀を出迎えた政秀は悪夢を見ているようであった。

そして、大敗北直後の十月五日、連歌師谷宗牧《たにそうぼく》が信秀を訪ねてきた。政秀はこの日のことを強烈な印象とともに思い出す。

話は少し遡る。

四年前の天文九年、伊勢神宮式年遷宮の外宮造営費用として、銭七百貫・黄金数十枚・造営木材などを大支援した際、政秀は事務方を取り仕切りつつ、その一方で神宮からの支援要請に対応できなかった、衰微した朝廷御奈良天皇にしっかり恩を売っていた。

その頃の朝廷は伊勢神宮どころではなく、荒れ果てた内裏の修理のため、天文九年頃から、献金上納を室町幕府に懇請し続けていたが、不調のままであった。

朝廷は大変困惑して、昨年の天文十二年、伊勢神宮を見事に支援した信秀に献金上納を打診してきたのであった。

全国の大名の中では知名度が低く、かつ尾張国内においても格式の高くない織田信秀に対して、伊勢神宮、そして今回朝廷と、次から次へ献金上納の懇請を行っているのである。このような状況は京の公家、社寺などには理解できない、誠に驚くべき不思議なことに映ったであろう。或る意味ではこの時点で織田備後守信秀の知名度は、全国的になったと言える。

結局、信秀は朝廷の要請を受け入れる。

そして、その三ヶ月後の天文十二年五月、信秀の命を受けた政秀は信秀の名代として、上洛する。

上洛した政秀は、銭四千貫を献上する事務処理を行った。政秀にとって、この上洛は心から晴れがましく、また忘れ難い旅となった。朝廷への上納の手続きを終えた政秀は、同月十七日、例の石山本願寺宗主証如に面会する。

それにしても、証如は強《したた》かであった。

政秀の上洛の目的を聞き及んでいることもあり、証如側の受け入れ体制は十分であった。政秀とその一行は本願寺の幹部を揃えた証如に丁重に饗応された。政秀は政秀なりに、人脈づくりのため懸命に対応したと思う。

あの時、数人を相手に、酒の強くない自分はよく酔い潰れなかったものだと思う。上洛の目的そのものが、政秀の気を陽にしていたのであろう。寺の食事も酒も美味しかったことを、今でもはっきり覚えている。

本願寺側の証如は、一向門徒に対し、悪党である政秀を前に苦々しさを隠し、朝廷に献上した額の多さもあって、本願寺の幹部を揃えて丁重にもてなし、翌日、政秀に音物の礼までしている。

証如は政秀に対して、「呑むべからざるの事に候といえども、祝着に存ぜしむべくためかくのごとし」(「天文日記」)と政秀の謹直さも認めている。

なお、「天文日記」で証如は几帳面に事実のみを記録しており。記録者として証如と牛一は重なるところがある。

政秀は今、証如のことを思い出している。

まず、二十一歳という若さである。蓮如、実如に仕えてきた祖父蓮淳が後見していたとしても、一つでも聞き洩らさないよう、真摯な態度でまっすぐに自分を見詰めていた、あの若々しい顔が今でも浮かんでくる。

その時、政秀は五十二歳であったが、若い証如を前にして少し疲れを覚えていた。それは目的を成し遂げた安堵からか、あるいは酒の所為《せい》か、政秀にはその全てであったように思えた。

尾州平手中務丞織田弾正被官、為来、
就禁裏御修理為　名代上洛之次第、
以有一献興湯漬令対面、如此相伴之儀
雖不可有之事、
悪党と云、**於尾州走回、対門徒一段悪勢者之間、此分調請、**一段大酒云々、盃次第、初献愚盃取上テ令会尺、**平手雖不可否之事候、祝着に為可令存如此、**経厚、頼尭又平手又愚、此節太刀出之、又兼澄又々経厚又々愚又々平手、此時返之太刀遣之、又頼尭納之。

（「天文日記」五月十七日の条）

話を天文十三年の宗牧に戻すこととしよう。

東国の歴訪を予定していた宗牧は、朝廷から信秀宛の女房奉書《にょうぼうほうしょ》や古今集を託され、内裏修理完成の御礼の頼使として、那古野城に派遣されてきたのであった。

信秀は、それを宗牧から手渡されて大感激し、美濃の計画を予定通り達成できたら、重ねて皇后の修理を申し付けて下さいなどと強がっていた。

思えば、ここが下降への転換点だった。

一方、政秀は、この時こそ朝廷・公家に恩を売り、人脈をつくる絶好の機会と考え、宗牧を大いに接待したことを覚えている。それは、十月十五日、新暦の十一月九日のことであった。

突然政秀は、心の中で「嗚呼」と叫んだ。

「そうか、あの時、ぎらぎらとした目で宗牧に酒を注《つ》いでいた信長にとっても、人生の転換点であったのか。この人脈が信長を救ったのだ」

翌日、信長の姿は那古野の館から消えていた。そして、信長は終日戻ることはなかった。

信長は既に「うつけ」ぶりを開始していたのである。

このように宗牧の訪問は政秀にとって最後の良き思い出であったとともに、おそらく信長にとっては一大決心へと向かう第一歩だったと、政秀は考えるのであった。

……やがて那古野に下着。**平手でむかひて**。けふの寒さこそなど。まづなにやらむ手をあたためよ。口をあたためよ。湯風呂石風呂よなど念比に人をもてなす事。生得の数寄の様ならば、さまで禮にも及ぼす。まことにおほかたなる所へ落ちつきたらば。発病もすべきあらしにてぞ有ける。……夕食のしたて手づからの為レ躰。**息《そく》三郎**（信長）次郎菊千代**盃とりどり**。けふのてい身をもわすれたり。」

（「東国紀行」谷宗牧）

三

振り返ってみると、信秀が尾張衆の実質的な頭《かしら》として君臨できたのは信秀が常勝《じょうしょう》将軍であったからである。

格式を重んじる守護・守護代、実力のある豪族・地侍、さらに身内の一族などに対し軍資金を出すなどして、尾張衆の各層をまとめ得たのもそれゆえに他ならなかった。

天文十三年以降の信秀は、常勝将軍という名をただ必死に維持していただけであったと政秀は思う。

焦りが信秀の顔に出るようになったのは、信秀と通じていた東三河の今橋《いまばし》（豊橋市）の戸田金七郎宣成《のぶなり》が西三河の松平広忠《ひろただ》・今川義元の連合軍に討たれた、天文十五年十一月十五日以降であったと思う。軍事的にみれば、義元が今橋に三河侵攻基地を築いたということに対する信秀の焦りではなかったかと思う。

義元と連合を組んだ岡崎城主の松平広忠は、松平宗家八代で、天文十年（一五四一）知多郡緒川《おがわ》城主水野忠政《ただまさ》の娘、於大《おだい》を室としていた。翌年、嫡男竹千代《たけちよ》（後の家康）が誕生。同十二年、水野忠政没すると嫡男で於大の兄、水野信元《のぶもと》が跡を継いだ。同十三年、信元が信秀と連合を組むと、広忠は於大を離縁し刈谷の水野家に帰した。同十六年、於大は知多郡坂部《さかべ》城（阿久比）の久松俊勝《ひさまつとしかつ》へ再嫁。同年信秀は竹千代を奪取し、熱田の加藤図書助《ずしょのすけ》の屋敷に置く。

天文十八年（一五四九）、広忠は家臣に殺され、同年今川軍は信秀の安祥《あんじょう》城を攻略、織田信広を捕え、竹千代と交換する。竹千代は駿府へ送られる。そして永禄三年（一五六〇）松平元康（竹千代）は桶狭間の戦いの直前、坂部《さかべ》城の母於大を訪ねる。翌年、於大は松平元康の岡崎城に入ることになる。

信秀は信長を那古野城に据えると、新築した古渡《ふるわたり》城（名古屋市中区橘）へ移り、翌年の天文十六年、信長に初陣を命じる。

政秀は後見役として、大浜城（碧南《へきなん》市）の攻撃を信長の初陣に選んだ。大浜城下の所々に放火して、翌日那古野城に戻ったが、道場《どうじょう》山（碧南市）で長田重元《おさだしげもと》の激しい抵抗にあい、苦戦したことは信長にとって有益であったと思っている。

それにしても、大将信長の「うつけ」を微塵も感じさせない、堂々たる采配に、政秀は驚いたものだった。

一方、古渡城へ移ってからも信秀の戦略は悉《ことごと》く失敗、信秀の運気は以後一度も回復することはなく、焦りだけが目立った。

その最たるものが、「竹千代強奪事件」であった。

この事件は、松平広忠が義元との関係を強化するため、六歳の嫡男竹千代（徳川家康）を人質として駿河へ向かわせたところ、途中の「しをみ坂」（湖西市白須賀《しらすが》の東方の汐見坂）で田原の戸田宗光《むねみつ》・尭光《たかみつ》父子に強奪されたことである。

これは信秀の策略であった。

さすが信秀と一時は名声が上がったが、結局この事件がきっかけになり、信秀神話の崩壊が早まることになった。

信秀は竹千代を受け取ると、二年以上熱田の東加藤家の加藤図書順盛《のぶもり》の屋敷に預けることになるが、その前のほんのしばらく萬松寺の一室に監禁し、竹千代の様子をみていたことがあった。

政秀は今この本堂で、従順で実直そうな六歳の竹千代に、十四歳の信長を重ね合わせ、比較していた当時のことを懐かしく思い出す。

この事件は、三河への侵攻を虎視眈々と狙っていた義元に絶好の機会を与えることになった。すなわち、これを契機に義元側か信秀側か不明であった東三河の豪族の去就《きょしゅう》が明確になったからである。

面目丸潰れの義元の怒りもあったであろうが、それにしても義元の軍師太原崇孚雪斎《たいげんすうふせっさい》の動きは迅速で果敢だった。

東三河へ怒濤の進撃を開始した今川軍は、天文十六年九月五日、田原城（田原市）の戸田宗光・尭光父子を血祭りに挙げるや否や、瞬く間に東三河を制圧すると、西三河の信秀方の豪族を葬りつつ、翌年三月十九日、尾張衆を率いて進撃してきた信秀の軍と小豆坂《あずきざか》（岡崎市）で激突し、優勢の内に引き分ける。

そして天文十八年十一月九日、今川軍は西三河における信秀の最大拠点であった安祥城（安城市）を攻め落とす。

安祥城が今川・松平連合軍によって猛攻にさらされていても、急ぎ援軍として駆けつける気力を信秀は失くしていた。

政秀は信秀の命を受け、援軍を率いて安祥城に向かったが、安祥城は落城寸前であった。

政秀はここで、雪斎と屈辱的な交渉をすることになる。

既に信秀は義元の妹婿とも言われる家臣の戸部《とべ》新左衛門政直《まさただ》（戸部城主。名古屋市南区）を通じて、安祥城織田三郎五郎信広《のぶひろ》（信長の庶兄）と竹千代との人質交換を打診していたのである。もはや闘将信秀ではなく、息子可愛さの単なる父親であった。

しかし、易々と生け捕らえてしまう信広も信広である。

思い起こせば、前年の小豆坂の戦いの折、先手を任せられ、進撃をしていた信広が敵と鉢合わせをした時、気が動転し敗退したことが、信秀軍が劣勢のまま今川軍と引き分けた原因であった。

政秀はそのことを思い出すと、今でも不愉快になる。その後信広は、弘治二年（一五五六）、道三を四月に斃《たお》した美濃の斎藤義龍《よしたつ》と通じ、打倒信長を画策するが、信長の情報機関にかかり、発覚し降伏する。そして天正二年（一五七四）七月、長島攻めで信長の先鋒として討死する。

人質交換後の信秀には最早、焦りもなかったし、気魄の影も形もなかった。

すっかり気落ちした信秀を支えながら、政秀は信秀潰しの尾張国内勢力と隣国の勢力に対し、和戦両様の構えで臨んできた。

まことに血の出るような辛いことであったが、政秀は弾正忠家存続の鍵を握る信長を知力を振り絞って支えてきたと思っている。

第三章　信長を救った政秀

一

葬儀を終え、志賀の屋敷（名古屋市北区平手から志賀）に戻るなり、家人を遠ざけた政秀は今日一日の出来事と自身の決断について、静かに考察していた。

信秀が新築した古渡城へ移り、それとともに信長が那古野城の城主になった天文十五年以降のことを政秀は振り返っていた。

当時、朝から夕刻まで城を空け、姿も行動も「うつけ」そのものであるにもかかわらず、大浜の初陣の時は打って変わって大将の姿になる信長を政秀は、最初、理解できなかった。

何度も素行をあらためるよう諫言したが、信長は全く聞く耳を持たなかった。そんな信長に政秀は業を煮やしたこともあった。

しかし、初陣から半年も経った頃、信長の行動に一つの目的があることに政秀は気付いた。政秀が密かに調べたところ、信長は城下から遠く離れた村落の近くの山や川で、常に数人の屈強な若者と行動を共にし、その若者の一人一人が一つ一つの集団を形成し、集団と集団が戦闘訓練をしたり、何か特殊な行動をしていること、そして屈強な若者らは有力農家・商家や地侍などの二男、三男などに限られていること等がわかったからである。

さらに政秀は、信長と行動を共にしている若者の三食を信長が全て負担していること、戦闘訓練の刀、弓、槍、とりわけ三間半の長柄鑓など、武器類を信長が支給していること等を知った時、「うつけ」自体が信長の戦略であると、おおよそ理解できた。

それは小豆坂の戦いの頃であった。信長の戦略に気付いた時、何か身震いしたのを覚えている。

信長が使う銭の使途について、政秀は掴んでいた。御台所の賄、いわゆる購買、財務の勘定方の事は政秀が担当していたからである。

特に政秀が驚いたのは、天文十八年、信長から近江国友村（長浜市国友）へ六匁玉（二二・

五グラム）用の鉄砲五十挺を注文するよう命ぜられたことである。

この時は信秀の了承をとり、政秀の一族で鉄砲術を得ている橋本一巴に手配させた。一巴は、信長の鉄砲の砲術の師範でもあった。

政秀はここでも信秀と違う信長に気付く。

ところで余談になるが、信長が発注した鉄砲の数のことに触れておきたい。

天文二十二年、信長は舅道三と面会の折、弓・鉄砲五百挺を装備していたとされ、ここから鉄砲五百挺が信長発注の数であるとの「定説」が出来上がった。

しかし考えてみると、この当時鉄砲一挺の価格は三斤五両が相場であり、江戸期の貨幣単位金一両は銀五〇匁で、今の価額で五十万円を超え、五百で二億五千万円となる。いかにも膨大な額であること、当時の鉄砲の精度上の問題、発射までに要する時間、射手の育成、他勢力を刺激すること等から、親衛隊員である八百人の約一割弱の五十挺が妥当ではないかと思われる。従ってこれまた高額の三間半の長柄鑓《ながえやり》等と合わせて五百であったと考えられる。

一方、屈強な若者が甍《いらか》の如く整列して、小走りに行軍する八百人程の親衛隊、斬新でかつよく纏《まと》まった武器装備等から、信長の器量を見極めた道三の目は確かであった。

……山城道三八町末の小家に忍居て、信長公の御出の様体《ようてい》を見申候。其時、……御伴《とも》衆七八百甍《いから》を並、健者《すくやかもの》先に走らかし、**三間々中柄の朱やり五百本計《ばかり》、弓・鉄砲五百挺**もたせられ……

（「信長公記」首巻）

ここまで状況を把握した政秀は、信長が何の目的をもって、「うつけ」の行動をしているのかはっきり理解すると同時に、信長に尋常でない何か不思議な魅力を感じていた。

その頃、信秀は西美濃並びに西三河から完全に撤退し、尾張国内においては信秀抹殺勢力が勢いを盛り返し、今川の調略も活発で、一族の中にも不穏な空気が漂っていた。

このような中で、信長は次のように考えていたと政秀は思う。

「父信秀の跡取りになって、今まで弾正忠家信秀の配下の重臣達に頼ったとしても、真に、自分を支えてくれる者は少ないと思う。それだけではない。その重臣達の裏切りは十分予測できる。ほとんどの弾正忠家の家臣は父信秀のやり方とか、信秀の実力に追従してきたのである。

従って、うつけ者の自分に、格式と位を長い間重んじてきた父信秀の重臣を従わせることは困難である。否、むしろ無駄である。

従わせる唯一の方法は戦闘力という力であり、事実、父がその見本ではなかったか。

戦果が良い場合は追従し、負ければ離れて行く。否、離れて行くだけではない。裏切りと抹殺という形で襲いかかってくると考えて良い。

それを話し合いで一旦は収めることができるであろう。しかし、それは一時的なことで、決して根本的な解決には結び付かない。むしろ、そのことで実力を磨り減らすだけである。

故に、自分の身は自分で守る。そのために、信秀すなわち弾正忠家の軍隊ではなく、自分が軍を創設する。すなわち信長自身の、信長のためだけに死ぬことができる親衛隊をつくる」

このような考えで、一連の準備に入った信長は、自分の真意を擬装する「うつけ」作戦を展開する。すなわち、「うつけ」をしつつ有力農家、豪商、地侍などの屈強な二男、三男に近寄り、信長が人材募集によって集めた若者を訓練し、信長のためだけに死ねる親衛隊をつくり上げようとした。

政秀は武将として戦う人ではないが、信秀の家老として軍師として、また内務責任者として信秀の側近くにいたため、戦略的思考や行動には極めて敏感であった。それゆえ信長について も、銭の使途をみるだけで、その行動と意図が手にとるごとくわかるのである。

信長の真の姿を知るに従い、政秀は信秀にない資質を発見し、徐々に信長に惹かれていった。

考えてみると「うつけ」の姿は信長の意図する戦略に合致する。山川聚落等の地勢を調べるため、身につけているのは、爪先で履く滑り止め用の半分の草鞋《わらじ》「足半《あしなか》」、水筒としての「瓢箪《ひょうたん》」、その他、「燧袋《ひうち》」「麻縄《あさなわ》」「干し柿」などその全てが、合理的で戦術的なのである。

武器をみてもそれがわかる。すなわち山、川の戦いを想定した訓練、馬廻り衆を構築する準備などをしながら、非力な戦闘員から恐怖心をなくすため、三間半（六・三メートル）という当時どの大名も考えつかなかった長柄鑓を工案している。

長柄鑓は、三寸から五寸（十から十五センチ）の直刀状の穂先をもち、信長は鑓の重さを解決するため、よく乾燥させた細い木の柄に赤や黒の漆を塗り、強度と軽さを両立させている。

この長柄鎗の戦法は槍と違い、突くのではなく、敵の頭上から振り下ろし、叩く、横に払う、鑓襖《やりぶすま》をつくり敵の突進を防ぐといった驚異的な戦法なのである。

さらに、鉄砲を加えた革新的な武装集団に、突撃的機動力をもった馬廻衆をうまく組み合わせ、信長親衛隊を構築しようとしていたのである。

しかし信長の真骨頂は別にある。それは情報伝達を重視し、繰り返しその訓練をしていることである。

信長は鷹狩りの際、鷹野を戦場に見立て、鳥見《とりみ》衆を偵察隊・情報部隊として、鶴や鷹を敵と見立てた。鷹匠は司令塔で信長とし、向待《むかいまち》という遊撃隊に百姓の格好をさせ、田を打つ真似をさせて敵を欺き、攪乱をかねる諜報活動などの訓練を重ねていた。

信長は十五歳から十九歳のあいだに、こうした情報機関の構築に注力していた。

また那古野城から四キロ離れた味鋺《あじま》川（庄内川・矢田川）の河原で、育成中の親衛隊の隊員を集め、訓練も行っていた。

偶然、この風景に出くわす人がいても、その目には川原乞食《かわらこじき》のようなものに見えたであろう。これも信長にとって「うつけ」姿の成せる戦術であった。訓練の後、川端の安食《あじき》村慈《じ》眼山成願寺《げんさんじょうがんじ》で用意させていた食をとり、信長は隊員達に直接、戦術について、手取り教え、語り合ったことであろう。隊員達は地侍、大農家の出身者だけでなく、屈強な小作農民もおり、それらは二男三男といった一家のあぶれ者であった。

このように、三食食事付の上に、普段では口がきけない領主の若殿信長から直接指導を受け、声をかけられた隊員は、当然感激し、涙をこぼして信長に忠誠を誓うことになった。

「信長公記」の作者太田又助（牛一）は常願寺の僧（「尾張名所図会」後編巻三）として、

信長衆を応接したのであろう。その後、牛一は還俗、信長に仕えることになる。

また、信長は渡河《とか》の訓練も重要と考え、矢田川、庄内川を繰り返し渡る戦闘訓練も行っていた。

その時、庄内川の川向こうにある味鏡《あじま》村味鏡山天永寺《あじまさんてんえいじ》護院の境内で休み、食事をすることもあった。先の成願寺同様、天永寺も共に行基（天武七＝六七八年〜天平二十＝七四八年）を開基とする古刹である。

信長は、このような渡河訓練をする時、天白川を渡河し、今川義元と対決する戦いを想定していた。そして数人の隊員を連れ、十キロ離れた天白川まで度々足を伸ばしていたのである。

　鷹野の時ハ、廿人、鳥見《とりみ》の衆と申事被㆓申付㆒、一里、二里御先へ罷参候て、あそこの村、爰の在所に、鷹有、鶴有と、一人鳥に付置、一人ハ注進申事候。……馬乗一人、山口太郎兵衛と申者、わらをあぶ付に仕候て、鳥のまはりをそろりくと乗まはし、次第次第に近より、信長ハ御鷹居《たかじょ》給ひ、鳥の見付候はぬ様に馬の影にひつ付てちかより候し時、はしり出、御鷹を被㆑出候。又向待《むかいまち》と云事を定。是にハ鍬をもたせ、農人の様《さま》にまなび、そら田をうたせ、

御鷹取付候て、くみ合候を、向待の者走出、鳥をおさへ申候。……（「信長公記」首巻）

二

自分が信長のために何ができるか検証するため、政秀はもう一度冷静に考えてみた。

「信長は親衛隊を完成させるのに数年は要するだろう。今、弾正忠家が置かれている情勢、すなわち三郎信長に対する脅威は何か。それは次の三点である。

第一、東は義元、北は道三、南西は一向門徒衆など隣国からの脅威。

第二、清須衆、岩倉衆など尾張国内の尾張衆からの脅威。

第三、弾正忠家の一族すなわち身内からの脅威。

特に第二と第三は信秀の勢力低下に伴ない信秀並びに嫡男信長抹殺へ変貌しており、背後に、義元と道三の調略が垣間見える」

政秀は決心した。隣国三河を制圧したばかりの義元は、特に西三河の領国経営に手をとられ、尾張国境への侵攻は激しくなるが、本格的な尾張侵攻は先であろう。しかし、尾張と真近かに接している道三は、戦力・戦術の面で信秀を凌《しの》ぐことは既に証明されており、尾張衆への巧みな調略はまことに差し迫った脅威である。

政秀は美濃との和睦を決心する。もしうまくいけば美濃からの脅威が消えるだけでなく、調略を受けていた尾張衆は当分音《おと》無《な》しくなり、一石二鳥である。

「あの時は本当に、万事上手く事がはこんだものだった」と政秀は今でもそう思う。

信秀から和睦の方針の快諾を得ると、政秀はすぐに行動を開始した。

まず、津島衆で道三の家臣でもある堀田道空と通じ、さらに公家、社寺など政秀の人脈を駆使して、京の妙覚寺の貫首にして道三の子、日饒《にちじょう》上人に働きかけた結果、道三の女《むすめ》（本名不詳。後、美濃出身ということで濃姫《のうひめ》と言われた）を信長に嫁させることに成功し、天文十八年（一五四九）春、濃尾同盟が成った。

道三と和睦するや否や、政秀はすかさず反信秀勢力の急先鋒である清須衆の守護代織田彦五郎信友の重臣坂井大膳、坂井甚助、河尻与一らに、尾張一族の内輪揉めを諭す手紙を数度送り、天文十八年秋、清須衆との和議に漕ぎ着けたのである。

思えば前年の天文十七年十一月、信秀が西美濃の拠点、大柿城（大垣市）をめぐり、道三と戦っている最中《さなか》、道三の調略により清須衆が信秀の留守を狙い古渡城を襲撃する事件が起こり、以後信秀は清須衆と敵対状態になる。が、その前に信秀は道三にしてやられていた。信秀は古渡城襲撃との報せを受け、驚き古渡城へ引き返すと、道三は計画通り、難なく大柿城を攻略した。その結果、信秀は美濃から完全に締め出されていたのである。

道三は信秀より一枚上手であった。その道三との和睦が結果的に清須衆との和睦に繋がる。これもまた政秀の才覚であった。

和睦の後、これから先の清須衆・岩倉衆のことを考えると、政秀は暗澹《あんたん》とした気持になった。

「清須衆、岩倉衆の真の結着は勝ち負けしか解決の道はない。美濃からの脅威は当面なくなるが、この二つの衆は義元の調略を受けるであろうし、信秀が亡くなれば和議は反故《ほご》にされるだけだ」

と、強く思った。要すれば、潰される前に相手を潰す以外に解決の道がない。

当然、そのことを政秀以上に恐怖をもって考えているのは三郎信長であることを、政秀は今一度認識したのである。

この一年で急に背も伸び日焼けし、精悍さも増し、眩《まぶ》しいくらいの迫力を政秀は三郎信長に感じていた。

世間から婆娑羅《ばさら》（常識はずれ）者と言われることを目的として「うつけ」のふりをしている信長が、

「そうか、もう十六歳か」

と、政秀の目には頼もしく映った。

信長は、姫を那古野の館に置いたまま、朝、馬を駆って飛び出すと、終日、城へ戻ることはなかった。信長には次のような明確な考えが根底にあったのであろう。

「自分が殺されれば、たちまち城も姫も配下の者も滅ぶ。従って殺される前に相手を殺す準備をしているだけである。それも即刻やらねば意味がない。また、中途半端なやり方は禍根を残す。この尾張の現状を考えると、信用できるのは己自身であり、自分が直接育成する戦士である。今、その準備をしているのだ」

信長が「今その準備をしている」。

その中でも力を注いでいるのが、前述した通り情報伝達の訓練であった。

せっかく鮮度の高い情報を仕入れても、司令塔への伝達が遅れると、最早それは情報として使えないだけでなく、誤った判断をすることになってしまう。また、さらに相手が移動すれば、たちまち情報は修正されねばならない。これに対拠できる方法の一つが、馬を使った素早い行動である。

もっとも那古野の館から、朝、馬を駆って飛び出すのは間者を撒くためでもあったようだ。

平生、信長は万一にそなえ、朝夕馬責めをして、上下すなわち往復に馬が耐えられるようにしている。そうしないと屈強の名馬でも、三里の片道さえ人を乗せて走れず、結局、飼い殺すことになるからである。配下の馬が荒い息を吐き倒れれば、親衛隊の馬廻り衆の力が落ちることにもなり、信長は日頃の馬の訓練を隊員に厳しく命じていた。

特に情報・馬廻衆・親衛隊・司令塔の相互の連繋を重視しており、それを可能にする一つが強靭な馬であると、信長は考えていたのである。

去程に**信長ハ朝夕、御馬をせめさせられ候間**、今度も上下あらくめし候へとも、こたへ候て不レ苦候。余仁の馬共ハ飼つめ候て常に乗事稀成に依て、究竟《くっきょう》の名馬とも三里の片道をさへ運《はこび》かね、息を仕候て、途中にて山田治郎左衛門馬を初として、横死候て迷惑せられ

候。　（「信長公記」首巻）

美濃・清須衆との相次ぐ和睦で安堵したのか、信秀が急に気弱になったと政秀は感じていた。居城の古渡城下が清須衆に焼き打ちに遭い、その復興のことも頭にあったのであろう。

しかし、信秀は一念発起して末森に城を築き、古渡城を破却すると、

「我、信長の楯とならん」

と意気込み末森城へ移って行った。それは天文十八年が間もなく終わろうとする頃であった。

そもそも、末森城（名古屋市千種区城山）は、尾張の東部丘陵の末端部に位置し、義元の尾張侵攻の際の進入経路の入口の一つと考えられていた。

ところが、末森城に移った直後、信秀は病に倒れる。

尾張の国の尾張衆の頭となり、道三、義元との戦いに明け暮れ、挙げ句の果てに道三、義元に完敗し、尾張衆からも見放されるどころか、攻撃を受けた信秀は、身も心もずたずたになり、病に倒れたのであった。

政秀は、最初その知らせを受けた時、やはりそうかと思った。さほど驚きはなかった。

むしろ自分の始末をつける日が、案外早くなるであろう。兎《と》にも角《かく》にも、今、自分がやら

ねばならないことは、信長に少しでも時を与えることだ。

政秀は次の対応策を考え始めていた。

三

鬼神の如く、政秀がやり遂げようとしたことは何か。当時の尾張の周辺情勢からすると、想定外のことであったかもしれない。政秀は考える。

「今、信長に貴重な時を与え、救うことができるのは、義元との和睦でしかない」

ここにおいて政秀は、信定・信秀と苦労して長年つくり上げてきた朝廷、公家、寺社などの人脈を最大限に活用することになる。

ただ義元に信秀の病は伏せておかねばならない。外部に洩れないよう、政秀は末森城の信勝と上田御前に強く要請していた。

しかし、洩れるものである。

天文十九年一月十七日、義元の情報網にかかったのか、信秀の動向に不信をもった義元が犬山城主織田十郎左衛門信清に通じて、その様子を探ろうとする。信清は岩倉衆の犬山織田楽田《がくでん》氏をして、春日郡柏井《かしわい》・篠木《しのぎ》（春日井市）の信秀の蔵入地《くらいりち》（直轄領）を押領する動きを示したのである。

信秀は弟の守山城主孫三郎信光の支援を得、病の身で出陣し、楽田氏を撃破する。信秀が病でないと義元に伝わったのであろう、事無きを得た。政秀は胸を撫で降ろしたものだが、その時の信秀の悲壮な姿を思うと、今でも涙が止まらないのである。

その後、政秀は義元との和睦に向けて、無我夢中で全力投球を続けていた。

一方、病身の父が出撃しても、信長は信長で自らの戦略を着々と構築しており、自身が育成している軍隊は未だ舞台には登場させないし、相変わらず、「うつけ」のままであった。

今ここに、御奈良天皇から、義元の軍師にして臨済寺（天文五年義元創建。妙心寺大休宗休開基。静岡市）住職の太原雪斎宛御局御奉書《おんつぼねおんほうしょ》すなわち女房奉書《にょうぼう》がある。内容は駿河と尾張の和睦の事とあり、太原長老宛勅書である。女房奉書は天皇の側近の女官が天皇の意思をひらがな文で出すもので、戦国時代、天皇の文書の主流であった。信秀・政秀は天文九年・天文十二年の二度にわたり、御奈良天皇に恩を売っており、今回政秀は京の人脈を利用し、頼旨を奉じさせることに成功したのであった。

そして天文十九年の暮、待ちに待った義元との和睦が成る。信秀の病は一段と重くなっており、正に間一髪の和睦成立であった。

この時、政秀は、

「嗚呼、信長を救った」

と、心の中から歓喜が込み上げ、軽い眩暈《めまい》に襲われてへたり込んだ。しばらく茫然自失の状態であった。

事実、義元はこの和睦成立の直前、知多緒川城主水野信元には天文十九年の夏、尾張侵攻を通告し、その通り瀬戸方面からも侵攻した今川軍は雲興寺を焼失させている。また、定光寺「年代記」には同年八月知多侵攻を記しており、本格的な尾張侵攻のぎりぎりの時点での和睦であった。

「考えてみると、あの時、伊勢神宮と朝廷に恩を売っておいたことからこそであった。これは正しく父信秀から信長への遺産である。自分は、この遺産を活用して、親衛隊構築の時間を信長に与えたにすぎない」

と、政秀は、今、そう思うのであった。

するかとおはりとくわほんのこと、たいけんちやうろう（太原雪斎）へちよくしよ（勅書）つかハされ候、さおひなき（相違なき）事にて候ハ、よろこびおほしめし候へく候、御しゆりの事なとも、おほせいたされ候へきにて候つる、とりミたしのおりふしにて候ほとに、時分をはからい申候ハんするよし、大けん申され候つる、いまのおりふし、なとおおせいたされ候てしかるへく候ハんするや、いつれもよく御心え候て、つたへられ候へく候よし申とて候、かしく

封（切封）四つし大納言とのへ（四辻李遠《よつじすえとお》権大納言へ）（「臨済寺文書」静岡県史）

その後の政秀は多忙であった。ただし、これは政秀の得意とする分野であった。「信秀は健在で、領国経営をしており、信長は、跡取りとして着々と信秀から経営を引き継いでいる」という判物《はんもつ》（花押《かおう》。書き判を書いた命令書。判形《はんぎょう》とも言う）を出す必要があったからである。

天文十八年十一月二十八日・天文十九年十一月一日の二回にわたり、尾張中島郡内の直轄領代官の祖父江金法師《そぶえきんぼうし》五郎右衛門尉秀重《ひでしげ》宛の判物（「祖父江文書」）と天文二十年九月十日の

熱田豪族浅井藤次宛判物（「熱田浅井家文書」）を備後守信秀の名で出させている。

続いて、信長については、天文十八年十一月尾張熱田八ヶ村中宛禁制制札《せいさつ》（「熱田加藤家文書写」）と天文十九年四月十日尾張賀藤左助元隆《かとうさすけもとたか》（西加藤初代加藤隼人佐延隆全朔《はやとのすけのぶたかぜんさく》の二男）宛判物（「張州雑誌抄二十六」）と同年十二月二十三日尾張如法院座主《にょほういんざす》宛判物（「張州雑誌抄十五」）を各々信長の名で出させているのである。

このように政秀は義元との和睦後も、遺漏なきよう万全をつくしてきた。政秀は考える。

「斯様《かよう》に、天文十九年の暮から本日までの一年数ヶ月にわたって、義元との全面的な戦いは避けることができた。この一年は信長にとっても、弾正忠家にとっても、大きな成果となったと信じたい。直穏《ひたかく》しにしていた病も、本日の葬儀で明らかになり、自然、義元との和睦が消滅することになった。

今後、義元の尾張への調略は今までの比でないほど激しくなるであろうし、尾張侵攻は早まるであろう。また清須衆は権力奪回のため、弾正忠家潰しへ動くであろうし、弾正忠家の経済基盤である津島・熱田を手にするため、身内から信長の首を狙うものが出てくるであろう。

あれやこれやを考えると、もうこれ以上自分の力で信長を支える知力も体力もないと思える。信長に、親衛隊の構築の時を与えるため、全力を尽くし闘ってきたからだ」

葬儀の直前、政秀が探ったところ、親衛隊は八百人の規模でほぼ完成されている様子である。それを知った時、嬉しさよりも、ほっとした。

「還暦も過ぎ早や二年、特にこの二年はあっと言う間であった。今、身心共に疲れを覚える。もう、この辺で、隠居しても良かろう」

と、政秀に囁きかける声がした。

それを撥ね返すように、政秀の思いは葬儀の際、本堂で決断した結論へと序々に近づいていった。

「やはり、それが自分の結論だ」

政秀の意識は高揚した。

すると、先程から政秀の頭の中に浮かんでいた霞のような雲は吹き飛んで、消えていった。

仄《ほの》暗い部屋の中で端座し続けていた政秀は、やがてその決断を決行する時を決め、一つ大きく息を吐き出した。

そして、膝を一擦りして立ち上がった。もう迷いはなかった。

第四章　諫死に非ず～政秀自害す

一

葬儀が終わり、七七日《しちしちにち》の満中陰《まんちゅういん》四十九日の法要が終わるや否や、信長に内と外から激しい圧力が襲いかかってきた。

まず、かねて調略を受けていた信秀の家臣で、鳴海《なるみ》城（名古屋市緑区）の城主山口左馬助《さまのすけ》教継《のりつぐ》・九郎二郎教吉《のりよし》父子が義元へ寝返る。

さらに左馬助は策略をもって、大高城（緑区）・沓掛《くつかけ》城（豊明《とよあけ》市）をも制圧する。

これによって尾張の知多半島の根元に位置する大高・鳴海・沓掛の三角点が今川方の支配下となり、信秀が苦心して手に入れた知多半島が脅かされることになる。

今川方は余勢を駆って天白川を渡り、熱田の湊はもちろんのこと、尾張の中原を窺う好適地、笠寺・桜中村（名古屋市南区）に砦を築き、尾張の南部を影響下に置くことになった。

次に、政秀が予測していた通り、清須城の清須衆が動き出す。

天文二十一年八月十五日、守護代達勝を継いだ織田彦五郎信友は、達勝がとっていた親弾正忠家路線を捨て、家臣の坂井大膳《さかいだいぜん》、同甚助《じんすけ》、川尻与一《かわじりよいち》、織田三位《さんい》等と謀り、何と義元と連携を取り、信長を挟撃し、抹殺しようとする。

義元の調略は既に尾張の心臓部まで伸びてきていた。

この戦いは、戦場となったそれぞれの地名をとって、尾張萱津《かやづ》・海津《かいづ》（海部《あま》郡甚目寺《じもくじ》）の戦い。馬島《ましま》・三本木《さんぼんぎ》（海部郡大治）の戦いなどと言われている。

信長は磨き上げた諜報員による情報力と迅速さで、ことごとく坂井らの清須衆を撃破し、清須衆を落城寸前まで追い込んでしまう。

緒戦で松葉《まつば》・深田《ふかだ》両城の攻略に成功していた清須衆であったが、わずか一日で敗退したことになる。

かねてから義元に通じていた坂井大膳は、信長が那古野城を出る頃を見計らって、今川軍を尾張へ侵攻させ、今川軍と清須衆で信長を挟撃する作戦であった。

しかし、信長の出撃が清須衆の想定より一日早く、かつ清須衆が一日で敗退したため、清須衆と呼応して尾張東部の丘陵地の八事まで進出していた今川軍（定光寺「年代記」天文二十一年の項）は、止むなく撤退している。

なお八事とは、承久の乱（承久三年＝一二二一年）で敗れた八事氏が復活の基礎とした、尾張東部丘陵地の狭間《はざま》に散在する地域（現在の天白区から日進市に広がる地域）である。

この戦いは、義元からすれば尾張混乱に乗じ、信長を討ち取り、義元の実弟氏豊の居城那古野城を奪回する絶好の機会でもあった。

この戦いの一部始終を知った政秀は、唯々《ただただ》、感心するばかりであった。

特に政秀は、この作戦の根底に信長の非凡さをみていた。

それは、清須方の策略の情報をごく初期段階で掴んでいたことである。

清須方が松葉《まつば》城（海部郡大治《おおはる》）の織田伊賀守、深田《ふかだ》（海部郡七宝《しっぽう》）の織田右衛門尉達順《うえもんじょうみちのり》を人質にとったすぐ翌日の払暁には那古野城を出て、庄内川の川端の稲葉地《いなばじ》（名古屋市中村区）に布陣し、守山城から駆けつけた信光《のぶみつ》と勝家《かついえ》の軍を、松葉・三本木・清須の三方面に分けるや否や、即刻、信長は出陣命令を下している。

このように、清須方が行動を起こしてから、実質半日で信長軍は出陣したことになる。

だとすると、信長は清須衆が行動を開始すると、ほぼ同時刻に出陣を掛けたことになり、信長の情報網が機能していたことが窺えるのである。

次に、政秀が感心したことが二つある。その一つが、旧信秀の軍を最大限活用し、親衛隊はしかるべき時に備え、温存していたことである。

もう一つが、清須城を落城寸前まで追い込むものの、城下の田畠を薙《な》ぎ倒しただけで、颯《さっ》と手を引いたことである。

これは、余りにも信長の反応が迅速なため、信長に通じた者がいるとの憶測を呼び、城内を内部分裂に誘い、清須城制圧の道筋をつくる作戦であった。

後日談であるが、この戦いのおよそ一年後、事態は信長が想定した通りになる。

天文二十二年七月十二日、清須城内の守護斯波義統《しばよしむね》が守護代織田彦五郎信友と坂井大膳らに殺害される。信長は義統の敵討の名目で守護代とその家臣団を攻撃、撃破する。

これは、尾張安食《あじき》の合戦とか清須中市場の合戦と呼ばれる。さらにこの一年後、天文二十三年四月、信長は策略により清須城を奪取する。ちょうど父信秀が、同じく略策により那古野城を奪取したように。

この策略で守護代信友は殺害され、家臣の坂井大膳は駿河の義元の下へ出奔《しゅっぽん》し、信長は清須城に入った。

この時、信長二十一歳。政秀の自害後、二年の歳月が経っていた。

そして心底政秀に感謝していた信長は、政秀の祖が使用していた受領名《ずりょうめい》「上総介《かずさのすけ》」を名乗っている。


信長はこの戦いを通して、情報力は兵数千に優ることを再認識し、政秀は冷静さが際立った信長の凄みを知る。

「やはり信長は信秀と違う」

格式が上であろうが下であろうが、自分が殺される前に相手を全て殺すだけとの考えで、弾正忠家は初めて格上の守護代を何ら恐れることなく、完膚なきまでに打ち破ったのだ。

「それにしても　あの情報力の凄さよ」

政秀は唸《うな》るばかりであった。

昨日まで「うつけ」の若殿くらいにしか思っていなかった信秀の家臣達は、信長の指揮力に驚きを隠さなかった。だが、ほとんどの尾張衆は、勝家・信光などの旧信秀軍の活躍によって清須衆を蹴散らしたのだと考えていたのであろう。幸いに信長はいまだ世間では「うつけ」のままであった。

いずれにしても、信秀の家臣・左馬助の義元への寝返り、一段と激しくなる義元の尾張衆への調略、清須衆の信長抹殺の動きなどは、信秀が亡くなった天文二十一年の出来事である。

しかし、これらは政秀・信長にとって、全て想定していたことであった。

清須衆には待ち構えるが如く迅速に対応しているし、山口左馬助父子に対しては、後述のように信秀の一回忌、政秀の四十九日の法要の直後、満を持して攻撃しているからである。

政秀は、世間で広まっている信長の「うつけ」ぶりについて、その真意と戦略はわかっていたつもりであった。だからこそ、血の出るような辛いことも乗り切ってこられた。しかし、これほどの人間とはまさか思っていなかった。

政秀は信長の活躍に、自身にとって、いよいよ決断の時が来たと思う。

「一刻も早く尾張の統一を急がねばならない……」

そうでないと尾張は疲弊して他国の軍門に降る。その時点で弾正忠家は失せる。

「時間はのこされてはいない」

政秀は危機感をもっていた。

信秀の葬儀があった天文二十一年は、清須衆の争乱、義元の尾張への侵略、旱魃《かんばつ》・洪水などによる飢餓・災害に見舞われ、尾張の疲弊は甚《はなは》だしいものがあった。

石山本願寺は直参門徒を定期的に、本願寺に出仕させ、番役（警固）・頭人（年中行事当番）を担わせていたが、天文二十一年尾張の戦乱、風水害・飢餓により、直参門徒衆が番役、頭役を勤め難くなったと石山本願寺に申し出ている有様である。（「天文日記」）

加えて、義元の本格的な尾張侵攻が近いという噂が一段と広まって、領主・地侍・社寺、民百姓らの動揺は大きく、尾張を一層暗くしていた。

政秀は思う。

「早急に、尾張の国を統一しなければならない。統一して、領国経営を固め、隣国に対応せねばならない」

それができるのは弾正忠家の頭領である三郎信長しかない。信長は信秀にないものを有している。それは、実力で格式を破壊するという強い信念をもっているからである。

尾張統一に際し、今一番注意を払い、やらねばならないことは獅子身中の虫を駆除し、信長の身を固めることである。

「これが尾張統一の絶対条件である」

頭人尾州国中講衆、使者を以て申す事には去年迄は少志これ上すといへども**今歳の儀は弥《いよいよ》各正体無く罷成るの間**、其儀無く申し上げ候　（「天文日記」五月二日の条）

飢餓乱世に依り、唯今四百疋これ上す　（「天文日記」同年十月二日の条）

二

明けて、天文二十二年（一五五三）癸丑《みずのとうし》、一月十三日。

政秀は信秀の葬儀の時に本堂で考えた通り、決意を実行しようとしていた。

日の出前から床を離れ、準備を終えた政秀は、少し雨戸を引いた。

庭は間もなく朝日を浴びようとしていた。勝幡の屋敷から移し植えた梅は十五年の歳月を経て、初めからこの志賀の地で芽吹いたかのように落ち着き、蕾《つぼみ》をつけている。

「自分の葬儀の時は咲いているか」

と思った時、尾張の中原へ撃って出る若い信秀の声がした。

その声は勝幡の屋敷で聞き慣れた鶯の声と重なり、一瞬、政秀は幻影をみた。

そこには信定も信秀も、政秀もいた。皆で京の公家と楽しく語り合っていた。

「十分生きた。楽しい人生であった。最後に大仕事。幸せである」

今、政秀は心底そう思っている。穏やかで、満足の色を浮かべた政秀の目から、涙が一滴、零《こぼ》れ落ちた。

決断の理由は二つある。

一つは、弾正忠家の身内から秘かに信長の首を狙っている勢力、人物を炙《あぶ》り出すためであった。

それは、信長が「うつけ」を続けているうちに芽生え、萬松寺で信長が「うつけ」の総決算をしたことで、信長を抹殺する勢力として踊り出る危険があった。庶兄の広信、実弟の信勝でもあるし、叔父の信光でもあった。従兄弟の犬山城主信清かもしれない。

そして、信秀の旧重臣、柴田勝家・林新五郎秀貞・佐久間右衛門尉信盛などの誰がそれらに加担するかである。

「跡とりの信長に服従できない身内を炙り出し、完成しつつある信長の親衛隊でこれを抹殺し、信長を守ることが急務である」と政秀は考えたのである。

もう一つの理由は、信長が尾張を統一するまで義元の侵略を性急に実行させないため、信長は「うつけ」で信望がなく、早晩国内の反信長勢に抹殺されようという義元の信長に対する侮りを増長させるためであった。

政秀が下した決断とは、次の通りである。

「信長の、うつけの素行止まず。特に、信秀の葬儀の折の振る舞いは、嫡男として言語道断である。信長の教育係として、責任を執るとともに、その素行を諫《いさ》めるため、茲《ここ》に自害する」

政秀は思う。

「ここまでやれば大丈夫。やり抜いてくれる。

信長には親衛隊がある。親衛隊を命懸けで構築した信長に対して、自分も命懸けでその構築時間を与えつづけたという自負がある。信長を救った男こそ、この平手中務丞政秀である。これから実行することは、世には、信長の素行をはかなみ、素行を改めさせるための諫死《かんし》として、伝えられるであろう。

正しく、そのことが自分の望むところであり、これこそが自分の戦略である。

それを理解できるのは信長だけであろう。これは政秀・信長の共同戦略であり、上辺《うわべ》は諫死であると世間を納得させ、諫死に非《あら》ずの心で自害するのである。

自分の死は弾正忠家の三代の頭領に対する恩返しであり、若殿信長に対する最後の御奉公と考える。これは、政秀、一世一代の名演技なのだ」


「信長公記」の作者であり信長の家臣であった太田牛一は政秀の自害の原因を、信長の所望した駿馬に係わる政秀一家との確執《かくしつ》とか、信長が実目（真面目）でない様体（行状）を悔やみ、傅として甲斐もなく、また生きていても将来はないと、切腹したとしている。

太田牛一（又助）は尾張の春日井郡山田荘安食《あじき》村の出身。天平十七年行基創建の安食村の天台宗慈眼山常観寺（後、成願寺）で育ち、還俗後、信長に使えている。

政秀が自害した時、牛一は信長より七歳上の二十七歳であったが、信長に仕え初めの頃で、未だ信長の近習でもなく、政秀と信長の深い戦略は知る由もなく、世間の噂通り、正直に記したのであろう。

逆に言えば、それ程信長の「うつけ」と政秀の「諫死」がごく当たり前の噂として世に広まり、信じられていたことの証明でもある。

そして、この噂こそが政秀と信長にとって、思う壺の戦略であった。

三

朦朧《もうろう》とする意識の中に信長の声があった。必死に何か言おうとする政秀の口元に信長は耳を近付けた。

政秀の唇が細かに震えた。次の瞬間、ほとんど聞き取れない程の声が政秀の口から絞り出された。

「う、つけのまま、で……」

後は言葉にならなかった。しかし信長は即座に全てを理解した。

信長は政秀の目をしっかり見て、頷《うなず》いた。再び、今度は大きく強く頷くと、政秀の顔に微《かす》かに笑みが浮かんだようであった。

「政秀は微笑んだ」

と信長は思った。紛うことなく、信長にはそう見えた。

一言も発しない信長の目には涙が溢れていた。

腕の中で、政秀が序々に黄泉の国へ遠ざかるのを信長は感じていた。そして、その向こうには信秀がいた。

「父の時は、こうしてやれなかった」

政秀の死を確認した信長は、何故なのであろう、胸の中から強く込み上げてくる怒りに震えていた。

政秀は別れに際し、一片の遺言状も残さなかった。否、残してはならないと考えていた。政秀のごく短い言葉と信長の頷き。そして最後の微かな笑み。それこそが政秀が信長に与えた真《まこと》の遺言であった。

では、その中身とは。それは次のようなことである。

「表向きは、信長の素行を諫めるための自害である。従って、政秀が諫死したということを広めなさい。そして、しかるべき日が到来する時まで、うつけのままで世を侮らせなさい」

政秀の家人から急報を受けた信長は馬に鞍をつける間もなく、裸馬にて、政秀の屋敷に駆け付け、政秀の死を見届けると、遅れて到着した小姓衆の岩室長門守《いわむろながとのかみ》、長谷川橋介《はしすけ》等に指示を出し、裸馬に跨ると、そのまま那古野城に向かって馬首をめぐらせた。

その時の信長の顔には先刻の涙は微塵も見られず、恐ろしい程の気魄だけが漂っていた。

信長の姿が砂煙の中に消えていくまで、政秀の家人は唯々、茫然と見送っていた。

一人の小姓がその家人の横を、信長を追って猛然と駆け抜けていった。

既に陽は西方へ傾きはじめ、春とはいえ、残寒肌をさす一陣の風が家人の足元に吹きつけた。

第五章　政秀の遺産

政秀の四十九日の法要を政秀寺で、また、父信秀の一周忌の法要を萬松寺で各々執り行った信長は、一気に行動を開始する。

天文二十二年（一五五三）四月十七日昼、信長は政秀の遺産とも言うべき、完成したばかりの親衛隊八百人を引き連れ、天白川を渡り、古鳴海（名古屋市緑区）に向かっていた。

信秀の家臣にして、今川方へ寝返り、鳴海城・大高城・沓掛城を今川方へ引き渡した元鳴海城主山口左馬助教継・九郎二郎教吉を討つためで、鳴海の赤塚で激突する。

信長の親衛隊は約二倍の山口軍と互角に戦い、引き分ける。尾張赤塚の合戦と言われ、親衛隊三十騎が討ち死にする激戦であった。

敵味方とも尾張衆で、顔見知りが多く、下馬して白昼堂々の戦いであった。戦いが終わると、敵陣へ駆け入った馬を互いに間違いなく返し合い、生け捕りの者も交換し、信長は（満潮前に）天白川を渡り帰城する。

振り返ってみると、自ら仕掛けたこの戦いに、信長は二つの目的をもっていた。

一つは、義元は尾張南部から侵攻してくる確率が高いと考え、その場合、侵入口の沓掛・鳴海・大高の地勢に詳しく、義元の水先案内人となる山口父子を叩くことである。また、義元侵攻時の予行演習も兼ねていた。

もう一つは、完成したばかりの親衛隊の実力の確認試験をすることである。倍の敵と互角に戦い、実力は確認できた。

後日談であるが、信長は合戦後、武力でなく、策略でもって左馬助を始末する準備にとりかかっている。

四年後の弘治三年（一五五七）、巧みな工作を行い、山口父子を裏切り者として、義元に殺させることに成功する。「山口左馬助父子は、義元が尾張へ攻めてきたら、信長と謀って、今川軍を後方から攻める手はずで、今そのための偽りの寝返りだそうな」と、信長は噂を流したのであった。

赤塚の合戦に話を戻す。

政秀の自害について、「定説」では、「信長の素行を諌めるため政秀が自害すると、信長は目を覚まし改心し、素行改まる」とされているが、事実はそれ程儒教的で美しい話ではなかった。赤塚の合戦がそのことを証明している。

政秀は、ほぼ信長の親衛隊が完成に近付いていることを掴むや否や、信長のうつけを戒めるとして自害する。そして諌死とすることで、やはり信長はうつけであったと世評を後押しすることになり、一層噂も広まる。すると信長を侮り、信長の首を狙う敵が炙り出される。

真実は諌死によって信長が改心したのではなく、信長の親衛隊が、赤塚の合戦で完成したことが確認できたので、以後信長はうつけをする必要がなくなっただけのことであった。

「定説」は後の世につくられた話であり、心を入れ替え赤塚の合戦を行った訳ではない。このように信長と政秀の間には、改心という言葉自体も存在しなかったのである。

さらにこのことを裏付けるため、今一歩、赤塚の合戦の分析を続ける。

この合戦の場合、信長は鳴海、大高周辺の地勢を事前調査はもちろんのこと、間者を放ち敵の動静を把握するなど、少なくとも半年以上前から用意周到に準備に入っている。

政秀が自害をする以前から、既に準備は開始されているわけで、赤塚の合戦は政秀の自害と関連も、関係もしていないのである。

いずれにしても、降って湧いたかのような親衛隊の出現と、戦いの状況を知った実弟信勝（後達成、信成に改名）、重臣、清須衆、岩倉衆など、反信長勢力の驚きはいかばかりであったであろう。

この赤塚の戦いのわずか数日後の四月下旬、信長は斎藤道三と会見するが、「うつけ」の真偽を確認しようとした道三は、信長の親衛隊の武器装備と折目正しい儀礼に驚く。

信長を見抜いた道三は、弘治二年（一五五六）四月二十日、子の義龍との合戦で戦死するまで、信長の支援を続ける。この和睦により、尾張背後の脅威がなくなった信長は尾張統一と義元対策に集中するとともに、親衛隊の一層の強化と情報隊員の強化を着々と行うことができた。これも、濃尾同盟あればこそで、まさしく政秀の遺産であった。

この後、信長は七年間清須衆などとの戦いを続けながら、政秀の諫死によって炙り出された反信長派の身内・一族に対し、戦いと粛清を展開することになる。

その炙り出された身内・一族の状況を短く触れる。

・叔父孫三郎信光《のぶみつ》　守山・那古野城主。天文二十三年（一五五四）十一月没。

信長と謀って、清須城を奪取、約束通り見返りに那古野城をもらうが、半年後、家臣の坂井孫三郎により殺害される。
・弟　喜六郎秀孝《ひでたか》　弘治元年（一五五五）六月没。
一騎で、竜泉寺の傍らの松川の渡しを通り過ぎたところ、信長の叔父で守山城主織田孫十郎信次《のぶつぐ》の家臣洲賀才蔵に弓で射殺される。
・弟　安房守喜蔵秀俊《ひでとし》　守山城主。弘治二年（一五五六）六月没。
家臣の角田《つのだ》新五郎の謀反で自殺する。
・弟　武蔵守勘十郎信成《のぶなり》　末森城主。永禄元年（一五五八）十一月没。
信長の舅斎藤道三を倒した斎藤義龍と今川義元の双方に通じ、信長抹殺を謀る一方、信長と真正面から激突を繰り返していたが、信長は病と偽り、見舞った信成を清須城で、誘殺する。（墓所は曹洞宗泉陵《せんりょう》山桃巌《とうがん》寺。弘治元年に信成が父信秀の菩提を弔うため、建立。）

信成以外の信光・秀孝・秀俊については、各々亡くなる直接の理由は異なるが、明らかにその背後に信長の作意が窺える。いずれにしても、永禄元年、信長の身内の粛清はひとまず完了することになる。

その他の炙り出された者についても触れていく。

庶兄大隅守信広は前述の通り、信長抹殺作戦を失敗後、信長に降伏。また、従兄弟の織田十郎左衛門信清《のぶきよ》は、これも前述の通り病の信秀を襲うが敗退。この後、信長と一時期同盟を組み、永禄元年（一五五八）尾張浮野《うきの》の戦い（一宮市）では信長二千に信清一千をもって、加勢、約三千の岩倉衆を撃破している。しかし、その後は序々に関係が悪化。永禄七年八月ついに、信長に攻撃され、犬山城を脱出、甲斐に逃れ犬山鉄斎と号し、武田信玄のお伽衆《とぎ》となっている。

さて、永禄二年（一五五九）の春、信長は尾張における最後の抵抗勢力、上四郡守護代伊勢守織田信賢《のぶたか》の岩倉城をほぼ制圧すると、二月二日上洛し、室町幕府第十三代足利義輝に尾張統一を報告。その翌年、永禄三年五月十九日、信長二十七歳の時、桶狭間に於て、義元に勝利する。

この勝利によって、信長は「うつけ」を演じ、身内を抹殺し、隣国からの圧力に絶えず怯え続けた、実に湿った前半生に終止符を打つことになる。

第六章　政秀の自害と史料について

若い頃の信長について、現存する史料は極めて少ない。

その中で、江戸の初期に作成された三点の史料に、若き信長と傅・政秀に関する記述を見ると、必ず「信長の素行を諫めるため、政秀が自害する」という話が出てくる。

このことは若き信長にとって、政秀がいかに大きな存在であったかを示している。

では政秀の自害について、史料の各々の作者がどのように見ていたか、自害の真相について本書の主題に参考となればと考え、取り上げる。

三点の史料のうち、最も代表的で重要なものが太田牛一の「信長公記」首巻である。

この他、牛一の「信長公記」を参考に作成された小瀬甫庵の「信長記」（以降「甫庵信長記」とする）と、政秀寺古記録の「政秀寺古記」である。

後の世に、若き信長と政秀に係わる物語について「定説」とされるものは全てこの三冊がその出処となっていると言っても過言ではない。

まず作者自身が信長に仕え、従軍し、長い年月をかけてこつこつ書き続け、集大成し、最も信頼のおける史料とされる、牛一の「信長公記」に政秀の自害を見ると、その大意は、「政秀の長男の所有する駿馬を信長が所望するも、長男が差し上げなかったのを信長が恨み、政秀一家と信長の間に確執が生じる。一方、素行が改まらない信長に対し、傅として、生きていても甲斐無いと、腹を切って、果てられた。」としている。

前述（第四章）した通り、恐らく、当時流れていた噂をそのまま記したものと思われる。

次に、牛一の作品を参考にして甫庵独自の工作が為された「甫庵信長記」をみる。

「平手中務大輔清（政）秀、極諌を致し、自害せしむる事の頃」に、五項目から成る信長に対する諫状を政秀が作成し、信長を諫めたが、素行を改めない信長に対し、命ながらえても詮無しと考え、自害したとしている。

長文であるので、各々、冒頭部分だけを記すに留める。

「……愚（政秀）が見及ぶ所、世の人の取扱ひ申す所を諫め候へ共、しかじか、御承引も無かりし間、此の上は諫め申すまじとは存じ候へ共、今一応諫言を以て申さばやと思定めたるこそ、奥深き忠義とは後にこそ知りたりけれ。

信長卿行跡正しからざるに付て憚る所なく申上る条々。

一、御心を正しくし給ひて、諸人をも御正しあるべく候。左もなく候へば、義心起らざるものに候。心裏底より、義心興起せずんば、何として天下国家治むるべく候乎。

……

一、御心緒万機に暁《さと》く、第一無欲にして、御心に依怙贔屓《えこひいき》御座しまさず、唯正路に見え申し候。是れ大本にて御座候なり。……

一、能く人を見立てさせ給ふ事、世人宜しき様に申し鳴《なら》はん候。武勇行の果如きの類は尤当り給ひぬ。……兎角天下を永く沿めんと思召さは、文道武道を兼用ゐ給ふべき事。

一、凡見及び申す内、第一御身持我意にして、礼儀を知食《しろしめ》されず、先祖先考に対し不幸に御座候。此の二つを能々御改め候へ。……

一、一度天下を給め給はんと思召し候はば、大忍大智大謀大義大勇に、御心を砕かせ給へ。天下の任重き事これに比すべきなし。……

……（信長は）弥《いよいよ》我意を振舞はせ給へば、中務頼もしげなく、実になき人を守立て、其の験なからんには、命存《なが》らへても詮なしとて、諫書の時より期年（満一年）余にして、忽に自害してぞ失せにける。」

当時、信長が置かれていた状況、すなわち政秀の自害する一年ばかり前は、信秀の病と死による弾正忠家の威信の低下、清須衆との争乱、身内一族の不穏な動き、尾張の天災、義元の尾張への侵攻などが相次ぎ、これ等に信長が敢然と立ち向かい始めた時で、甫庵が記する内容は、全く事実と異なる錯誤である。しかし甫庵としては、このような話にする必要があったのであろう。

続いて甫庵は政秀の自害後、信長に次のように吼えさせるのである。

「平手かくなりし事も、予が無道を諫めたりしを、用ひざるに依ってなり。……吁極《ああ》諫の士を失ひし事、……返らぬ事は悔いても益なし。詮ずる所は過を改め善に移り、軍功を励まし、世の無道を平げ、**天下一統の仁政を施さん**。……深く思召し入れさせ給ひける御心の程こそ有難けれ。」

まさに政秀の諌死が信長の素行を改めさせ、以後、仁政すなわち儒教の根本であるすべての人に思いやり、いつくしみのある政治を施すと信長に言わせており、江戸幕府の儒教高揚策を背後に窺うことができる。逆に、そのように考えると、甫庵の作品が理解できるのではないかと考える。

続いて、尾張の政秀寺の古き記録にして、建立の由来を記す「政秀寺古記」をみる。

「信長卿は御幼少より行跡我意にして、先考へも不孝に候事、起居に政秀盡至諌申せしは先祖先考へ不孝に候事、五常《ごじょう》（仁・義・礼・智・忠・心の五常の徳のこと）をしろしめされず候。…只自害をして三郎殿に見せ候はば御心をもなをされ給はんと思ひ定め……**所詮自害をして見せ申さば御心もなをされ候はんと存候**。……信長卿へ注進申すところ、**はたがせ馬**（**裸馬**）**にて駆け付給ふ**。……（政秀は）御手を引きよせ、**密に何事をか暫く**言上せんとや。

信長卿宣ふは、委細心得候。是より萬事其方異見次第なり。……介錯なしに六十二歳にて逝去せらる。

信長卿死骸に御抱き付候て御愁嘆の事無し限、古今追腹をば切者は多し。」

政秀の家人しか見ることができない、信長と政秀の二人だけの場面は臨場感がある。しかし、その前段には、

「……武家の御冥加も盡き候はんか、一度は国家をも治め給はんを見申度存知そろを……」

とあるように、江戸期の幕府の儒教高揚策に則り、「甫庵信長記」同様、儒教精神が色濃く反映されているのがわかる。

慶長十五年（一六一〇）小木村から、徳川氏の名古屋城下に移ってきた政秀寺は、その直後、「政秀寺古記」を完成させたのではないかと考えると、「甫庵信長記」も、ほぼ同時期に完成しているので、この二つの史料は相互に影響しあい、かつ、幕府の儒教高揚策の影響を受けているのではないかと考える。或いは幕府指導下で製作されたとも考えられる。

「信長の家来に太田泉守牛一と云う人がいる。後世に伝えようとして、記したまま、ようやく数帙作成した。しかし、牛一は仕途に奔走して、多忙であったから、事実を漏らしている。」（甫庵「信長記」の前書）

「これは太田和泉守が記したもの（「太かうさまぐんきのうち」）を参考に作ったが、彼は

生まれつき愚直で、はじめ聞いたことだけを真実と思い、のちに、その場に居わせた人が違うと言っても耳に入れない」（甫庵「太閤記」の前書）

「太田泉と云う人は常観寺の僧から、後、還俗し、信長公に遅く奉公したので、信長の若い頃のことは、詳しく知らない」（「政秀寺古記」の前書）

この三つの史料でみる限り、甫庵は愚直で一途な牛一を批判し、「信長公記」を引き摺り降ろそうとしているのが読める。

一方、牛一本人は自分のことをどのように記しているか。

池田家文庫本第十三帖にある牛一自筆の奥書きに、

「わが寿命はすでに尽きようとしているが、かすむ眼をこすりつつ書きつづけた。この書物はかつて記しておいたものが、おのずと集まったもので、断じて主観による作品や評論ではない。あったことを除かず、無かったことはつけ加えていない。もし一か所でも虚偽があるならば、天は許し給わぬであろう」（「信長公記」榊山潤）

とある。

考えてみると、安食村の寺の僧から二十七歳で信長に仕え、その後、努力して弓で腕を振るい、ついに信長の近習である六人衆の中の弓、三張（浅野又右衛門・大田又介、牛一の別名・堀田孫七）の一人に出世する。

その後、三十四歳の時、信長の下、桶狭間を戦い、三十九歳では美濃堂洞《どうほら》城（美濃加茂市）攻撃の時、二の丸の入口の高い家の上に唯一上って、黙矢《むだや》もなく射たのを信長に激賞され、重ねて知行を得ている。

五十六歳の時の本能寺の変の後、丹羽越前守長秀《にわえちぜんのかみながひで》に仕え、その後、秀吉に仕える。上山城、近江の秀吉の直轄地の代官を勤め、肥前名護屋城に在陣、山里丸の書院を普請、また、明からの使節の接待も勤めている。

引退後は大阪玉造《たまつくり》に居を構え、信長・秀吉・秀頼・家康等の軍記物の著述に専念する。独学で学問を修め、終生、篤学《とくがく》の士であった。

牛一の著書についてもう少し詳しく触れておくと、

「信長（公）記」「太かうさまくんきのうち（太閤様軍記の内）」「内府公軍記」「豊国大明神臨時御祭礼記録」。「五代之軍記」。

以上の五冊は、順に、信長・秀吉・家康・秀頼・秀次の五代軍記である。

この中で「信長公記」は、信長記・安土日記・織田記、等、太田和泉守日記とも言える、その総体であると考えられている。

牛一の著作の一つ、「今度之公家双帋《このたびのくげそうし》」別名「太田和泉寺覚書」の奥書《おくがき》に、「慶長十五かのへいぬ二月二日太田いつみのかみひのとのい八十四さい」と自筆の記録がある。亡くなる三年前も、なお現役の軍記作家としてあり続ける恐ろしい程の執念を感じる。牛一は生涯、信長に仕えたことを誇りにしていたのであろう。危機を乗り超えるため「うつけ」を演じながら、必死に親衛隊を構築している最中《さなか》、常観寺で牛一を拾ってくれた時の信長の気魄がそのまま、牛一に乗り移ったのではなかろうか。尾張の三英傑の信長・秀吉・家康の激動の戦国期を駆け抜けた牛一は、記者魂をもった作家であり、現在と比べようのない環境の下、死の直前まで蝋燭の灯下、筆を執る、その物書きの心意気は敬服するものである。

と同時に、天文二十二年から天正十年の約三十年信長の配下であった牛一にとって、信長はおのれの全てであったのであろう。信長の「一刻も無駄にしない」という精神力は物書きとして、牛一にも確実に受け継がれているように思える。

信秀と政秀が信長に残した遺産の如く、この気魄と精神力は信長が牛一に残した遺産となった。そして牛一が残した著作は、正しく信長・政秀の遺産なのである。

第七章　政秀ゆかりの寺と地

平手政秀宅址

次頁の写真は平手政秀宅址《たくし》（名古屋市北区平手町二丁目）で、享和二年（一八〇二）に尾張藩有志によって建立された碑（彰徳碑）が立っている。碑の内容は、いわゆる「定説」を儒教的美文で表している。刻まれた漢文を書き下すと、

「人誰か死に至らざる。或は鴻毛より軽く、或は泰山より重し。其の重きやえに処するに有り、其の軽きやえを決するに有り。

初め織田公立つや年少くして行をほしいままにす。中務君しばしばこれを諫むれ共

平手政秀宅址

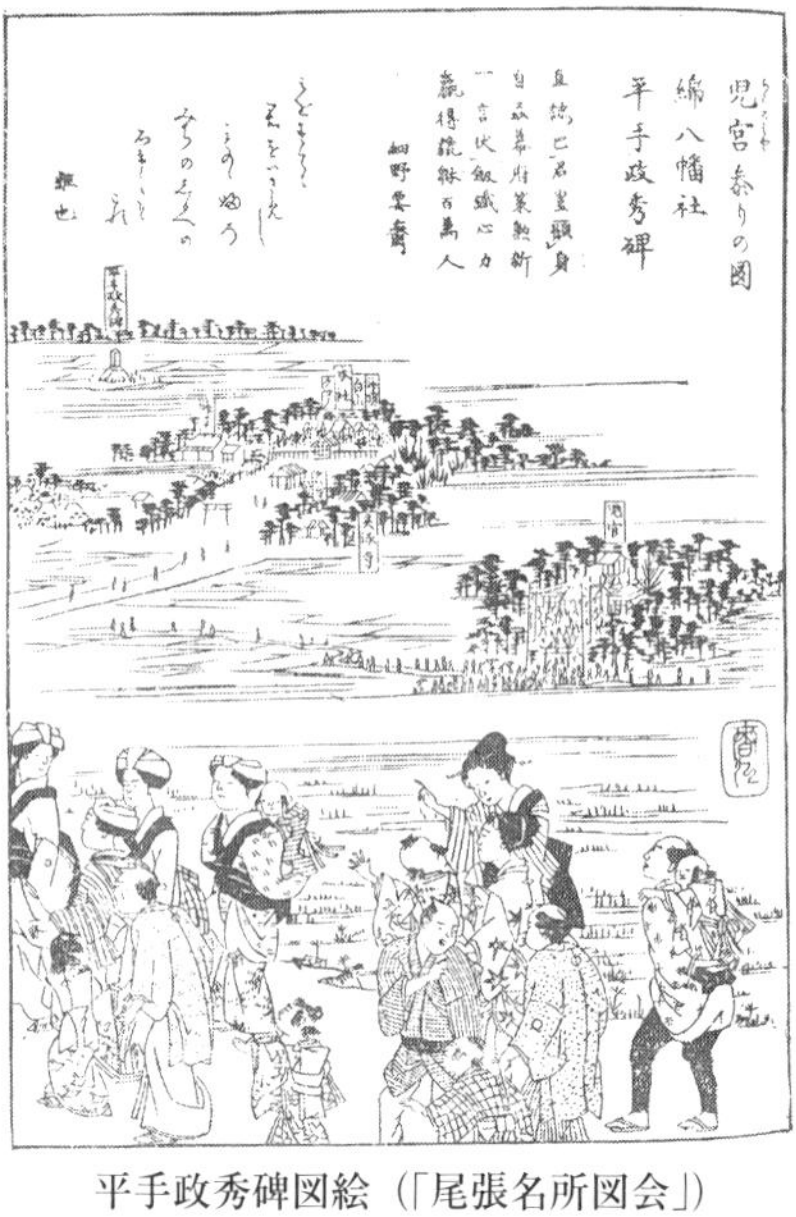

平手政秀碑図絵（「尾張名所図会」）

聴かず。最後に書を以て切諌し退きて自害す……公既に厚く君を葬る。又、一寺を建て名づくるに其の諱を以て之をあらわすと云う」（「北区歴史と文化探索トリップ」）

写真の下は、「尾張名所図会」に描かれた平手政秀碑図絵である。

政秀の領地は、現在の平手町・志賀町一帯の広大なもので、古代集落があった遺跡（志賀公園・西志賀遺跡）と重なっていた。

天文七年夏、那古野城を信秀が奪取したのに伴い、政秀は勝幡から那古野城の北二キロの志賀の地に志賀城を構え、庄内川をはさんで小田井・清須方面に対していた。

近くの綿《わたの》神社は荒廃していたが、政秀により再興されたと伝えられ、政秀没後、追悼のため信長が寄進した槍が納められている。

政秀寺

平手中務丞（大輔《たいふ》）政秀。享年六十二歳。

法号　政秀寺《せいしゅうじ》殿《どの》功庵《こうあん》宗忠《そうちゅう》大居士《だいこじ》。

墓所　臨済宗妙心寺派瑞雲山《ずいうんざん》政秀寺《せいしゅうじ》。

現在の政秀寺

政秀寺・政秀の墓

政秀寺図絵（「尾張名所図会」）

（「政秀寺図絵」尾張名所図会）

信長は平手一族の沢彦宗恩《たくげんそうおん》（天正十五年十月二日示寂）を開山に招き、志賀村の政秀邸近くに創建。永禄六年織田信清（犬山城主）を攻略するため、信長は小牧山城を築城し、家臣に清須城下から移住を命じた頃、政秀寺は小牧山城下の小木村《こき》（小牧市）に移された。さらに信長没後の天正十二年（一五八四）小牧長久手の戦いで消失後、信長の次男織田信雄の居城である清須城へ移り、慶長十五年（一六一〇）、名古屋城の築城に際して名古屋（中区矢場町二ノ切。現中区栄）に移る。

勝幡と長福寺、政秀の子孫

政秀一族と政秀所縁《ゆかり》の勝幡付近に触れる。

政秀の子は長男五郎右衛門、次男監物《けんもつ》、三男甚左衛門と「信長公記」に登場しているが、「平手氏系譜」から、長男は実弟の政利が兄政秀の養子となり、五郎右衛門と称し、次男は実子久秀で三男甚左衛門は久秀の子甚左衛門汎秀《ひろひで》とされる。

一方、天正二年八月二日、長島の戦で討死（享年五十歳）と伝えられているのは、「信長

三宅川の対岸から長福寺を望む

長福寺・政秀の墓

公記」に出てくる、よき駿馬をめぐって信長に遺恨を与えた五郎右衛門長政か。汎秀は元亀三年十二月二十二日、三方ヶ原の戦で討死（享年二十歳）。政秀自害後、政秀の子孫（実弟の政利か）は禄を返し、旧勝幡城下の天子御倉《みくら》（屯倉）の屯倉邑《みやけむら》（稲沢市平和町）の草野原を開墾して、野の入口に定住し、姓を野口と改め平手家二代目を相続したと伝えられている（「平和町誌」）。

思えば、信長誕生の前年天文二年七月、京の公家を勝幡城に招いた折、城の北二キロの三宅川沿いにある長福寺近くの政秀の屋敷にも公家を招き大接待をしたことがあった。

公家らは政秀の屋敷の素晴らしさに、

「種種造作驚目候了、数寄之座敷一段也」と驚いている。（前述第二章）

信長の祖父信定の津島湊制圧のため、戦略的に影響下に置いた真言宗牛頭山長福寺《ごずさんちょうふくじ》（津島社牛頭天王は長福寺牛頭天王の出先）、信定・信秀・信長の時代、この長福寺に近く、かつ勝幡城下の政秀の屋敷、これら全て弾正忠家と政秀に所縁のある勝幡城下なのである。

そして、政秀の子孫の野口家は、長福寺の檀家として、勝幡城下に定住されているのである。

縁《えにし》と言うほかがない。

信長は敦盛を舞ったか

安田靫彦「出陣の舞」(山種美術館蔵)

信長が好んだ謡曲に、幸若舞《こうわかまい》の「敦盛《あつもり》」がある。

幸若舞は簡単な舞を伴う語り物で、能ではないが、能の歴史と無関係ではない。

奈良時代、唐から伝わった散楽《さんがく》（奇術・幻術・曲芸・軽業《かるわざ》といった民間の雑多な芸能）が、平安時代、猿楽《さるがく》・中楽《さるがく》（滑稽な寸劇）となり、鎌倉時代、田楽《でんがく》（農村の芸能）が興り、猿楽と田楽は共に、謡《うたい》と囃子《はやし》で、おもて（能面）を、かけて（着けて）、舞う、一種の音楽劇（歌舞劇）である能を演じていた。

南北朝時代の応安七年、文中三年（一三七四）第三代将軍足利義満に見い出された、観阿《かんあ》弥《み》・世阿弥《ぜあみ》父子は能を芸術の域にまで高めた。

中でも、世阿弥は鎌倉時代に完成したとされる中世前期の戦記文学「平家物語」を題材に武人の霊が登場する修羅物《しゅらもの》である二番目物《にばんめもの》、「敦盛」「忠度《ただのり》」など、十曲近くの謡曲を残した。

一方、幸若舞は舞々《まいまい》・曲舞《くせまい》とも言われ中世芸能の一つで、南北朝時代活躍し、没落した武将桃井氏の末裔《まつえい》、桃井幸若丸が叡山《えいざん》廷暦寺で、稚児として草紙物《そうしもの》に節をつけて謡い、舞ったところ、後柏原天皇（一五〇〇〜二六）の寵《ちょう》を獲たとされ、これが幸若舞のはじまりと伝えられている。

この語り物的な性格の強い幸若舞は戦国時代に入ると、無常の世と盛者必衰《じょうしゃひっすい》の理《ことわり》と語る「平家物語」を題材とした、前述した能と同じ曲名の「敦盛」などにより、戦国大名の支持を受ける。

特に越前丹生《にゅう》郡西田中（福井県丹生郡朝日町）に住した幸若舞は有名で、信長・秀吉から、俸禄《ほうろく》が与えられていた。

信長が好んだ「敦盛」は「平家物語」巻九の「一ノ谷の戦い」における敦盛の最期を描いており、その内容はおよそ、次の通り。

熊谷《くまがい》次郎直実《なおざね》が十六歳の笛の名手にして、容顔美麗な公達《きんだち》の敦盛を不本意ながら、討ってしまい。その敦盛を一ノ谷の戦いで負傷した自分の嫡子の面影と重ね合わせ、この世は無常と、出家を決意するというものである。

なお敦盛は平清盛の弟経盛《つねもり》の子である。

大和絵風の武者絵を得意とする画家、安田靫彦《ともひこ》氏の「出陣の舞」という歴史画がある。衣装を正した信長が静寂の中で舞っている。これは信長が桶狭間の戦いの直前、敦盛の中段後半の一節を「謡い、舞って、出陣した」との伝説（定説）によって描かれたものである。

信長が特に好んだとされる「敦盛」の中段後半の一節とは、次の通りである。

思へば比の世は　常の住処《つみか》にあらず
草葉《くさば》に置く白露《しらつゆ》、水に宿る月より猶《なお》あやし
金谷《きんこく》に花を詠じ、栄華は先立って
無常の風に誘はるる
南楼《なんろう》の月を弄《もてあそ》ぶ輩《ともがら》も　月に先立って
有為の雲に隠れり
人間《じんかん》五十年　化天《げてん》の中《うち》を比《くら》ぶれば
夢幻の如くなり
一度生《ひとたびしょう》を受け　滅せぬ者のあるべきか
これを菩提《ぼだい》の種と思ひ定めざらんは

口惜しかりき次第ぞ

人間の一生は化天（「信長公記」では下天）の四天王の一昼夜に等しく、化天の住人に比べれば、夢幻の如く、儚《はかな》いものであるとしている。

信長は桶狭間の戦いのまさに出陣直前、清須城で前述した幸若舞「敦盛」を謡い、舞ったとされ、信長を語る時、特にその場面は有名である。その出処は「信長公記」（首巻の今川義元討死之事の項の前半後段）である。

信長の作戦も窺える重要な記述である。

（今川方は五月十九日の朝、潮の干満を考え、砦を攻撃するのは間違いないと、十八日の夕、砦から注進が入ったが、これに対し信長は）

……其夜の御はなし、軍《いくさ》の行《てだて》ハ努々《ゆめゆめ》無レ之、色々世間の御雑談迄にて、既及二深更《しんこう》一之間、帰宅候へと御暇被レ下。

家老の衆申様、運の末にハ知慧《ちえ》の鏡も曇《くもる》とハ比節也と、各嘲哢《ちょうろう》して被二罷帰一候。

如レ案、夜明かたに佐久間大学・織田玄蕃かたより、早、鷲津山・丸根山へ人数取かけ候由、追々御注進在レ之。
比時、信長、敦盛の舞を遊し候。人間五十年、下天《げてん》の内をくらふれハ、夢幻の如く也。一度、生を得て滅せぬ者の有へきか、とて、螺《ほら》ふけ、具足《ぐそく》よこせよと被レ仰、御物具《もののぐ》めされ、たちながら御食《みけ》を参り御甲《おんよろい》をめし候て御出陣被レ成。

と、出陣直前の信長の様子を記している。逆に言うと、出陣前の信長の様子はこれだけしか記されていない。

この記述のように、果して信長は「敦盛」を舞って出陣したのか、検証したい。そのことが信長の作戦に大きく係わるからである。また、この記述の中に、信長の作戦も窺える重要なことが記されている。それは時刻的、地勢的なことと情報統制の二点である。

出陣の前日は深夜まで軍の会議が開かれていたこと、当日の明け方、前線の砦が総攻撃を受けていると注進があったこと、さらに、出陣の当日は永禄三年五月十九日、すなわち新暦の六月中旬（二十二日頃）の梅雨時で、夜明けは四時半頃、満潮は四時半頃、干潮は昼半頃というように、前日、当日の時刻的、地勢的なことがおおよそ掴める。

後で述べるように、時刻と地勢は信長の作戦に重要な意味をもってくる。すなわち、ほとんど秒単位で動く、当日の信長の行動が明らかになってくるのである。

考えてみると、父信秀の死後八年間、さらに遡って親衛隊の構築年数を加算すると、信長は約十年間を超える歳月を対今川義元作戦に当てていたと言って良い。

逆に言えば、義元は十年もの歳月を信長に与え続けていたとも言える。

いずれにしてもその間、信長は義元に脅え続け、世に言う風雲児信長とはほど遠いものであった。

が、十年後、信長は義元に対して、次のように、極めて明解な作戦を立てていたのである。

「義元は大高方面から尾張へ侵攻、大高城を尾張侵攻の作戦本部ならびに兵站基地とするであろう。そのような義元の行動をより確実にさせるため、すなわち、考え通り大高道を通り大高へ進軍させるため、義元を大高へ誘引させる。

具体的には、大高城に付けてある信長方の二つの砦を捨て城として玉砕させ、義元に大高城への進路は確保されたと安心させ、大高城へ誘引する。

また間者を放ち、義元の動静を刻々入手する。と同時に、全滅覚悟の遊撃隊を信長本隊の囮として、鳴海方面へ突撃させ、義元に大高方面は守りが薄く、進軍しやすいという印象を与える」

そして信長の結論は、

「義元本隊は大高城に到着する前、ほんの短い間、丘陵地帯を通過する。その一瞬を強襲し、義元自身を討ち取る」ことである。

そのため、信長は予想される義元の侵入時刻と進入路周辺の地勢を徹底的に調べていた。

或る時は「うつけ」のままで、また或る時は親衛隊と共に尾張南部の義元の出先を繰り返し、攻撃した時でも幾度となく調べていた。そして作戦地域近くに居住する、農民、地侍、星崎の塩生産者、社寺関係者らと肌理《きめ》細かく接触し、情報提供者として活用していた。

信長は、このような作戦において大変注意を払っていたことがある。

「この作戦を配下の家老を含む家臣らに、一切漏らさない」という情報の統制である。

これは、家臣へ伸びる義元の調略の手、清洲城下へ放たれた時宗遊行僧などの今川の間者らに対する信長の警戒心であった。

全ての作戦は信長の頭の中にだけあった。当然、信長は自ら最前線に立ち、あらゆる状況判断をし、陣頭指揮をとることになる。

刮目すべきは、日頃徹底訓練をしてきた間者を放ち、その間者から直接情報を聞き、最も鮮度の高い情報で行動を決定していることである。

このように、信長の義元に対する作戦は極めて明解であった。

しかし、この作戦は少しでも筋書きが変わったり、信長自身が状況把握と判断について集中力を欠いたり、義元の動静が的確に掴めないと、即、敗退である。

「今度の戦いは、どのような事前準備をしても自分が立てた作戦通り、全て事が搬《はこ》んだ場合のみ勝てる可能性があるということしか言えない。勝ったとしても、それは生死紙一重のところで、その鍵をにぎるのが情報である。それゆえ自分は今までことさら情報力の強化に力を注いできた。

父信秀・政秀が相次いで亡くなった時、頼れるものはその情報力と親衛隊であり、天文二十一年八月十五日の清須衆との戦いも情報力で勝った。

ただし、誤った情報、古い情報は自分と優秀な親衛隊を潰すことになる。故に、自分は、自ら陣頭に立ち、情報を見極め、その都度、作戦行動を決める」

これが桶狭間の戦いに際しての信長の基本戦略であった。

この戦いの前夜、並びに出陣当日の朝の信長の意識の高揚は、全生涯の中でも際立ったものであったに違いない。すなわち、情報入手に神経が極度に集中していたものと思われる。

また、前夜の軍事会議において信長が雑談に終始しているのは、前述の通り、一切自分の手の内を見せない信長の考えである。

信長がひたすら待っていたのは二人の情報であった。

鳴尾《なるお》（南区鳴尾）を基地に、不眠不休で今川の動静を探っている服部小平太一忠《かずただ》（春安）と、沓掛から鳴海、大高の域を駆けまわり、義元本体の位置を確認し続ける梁田弥次右衛門《やなだやじうえもん》政綱《まさつな》の二人である。

深夜、軍事会議を終えた信長は休む間もなく、親衛隊の馬廻り、岩村長門守《ながとのかみ》・長谷川橋介《はしすけ》等小姓衆を呼び、情報確認をすると、氷上《ひかみ》山砦（緑区大高）の遊撃隊の隊長千秋《せんしゅう》加賀守四郎季忠《すけただ》に対する命を口頭伝令するよう、小姓の一人に指示し、季忠に対する命令を小声で復唱させる。

と同時に、控えの小平太・政綱の手の者を招き入れ、報告に対し大きく頷くと指示し、握り飯と水を与え、直に前線へ送り出していた。

このように信長は夜明けまで、確認・指令等を繰り返し、休むとしても横臥するだけで、恐らく一睡もとらず、義元の侵攻経路と義元本隊の所在の一点に、神経を集中させていた。

当然、信長の神経は、繰り返すが、尋常でない高ぶりをみせていたことであろう。

夜明け前の四時頃、想定通り、二つの砦が総攻撃を受けているという情報飛び込んできた。次に、義元の前進隊が大高方面から、天白川を渡る準備をしている情報。続いて、義元本隊が沓掛《くつかけ》城（豊明市）を出陣する準備が完了しているといった情報が矢継ぎ早やに入ってくる。

信長は親衛隊馬廻り衆の佐々《さっさ》隼人正《はやとのかみ》正次《まさつぐ》（勝道《のりみち》）に対し、千秋季忠の遊撃隊に合流するよう伝令を飛ばすと、信長出陣後の最初の基地となる熱田神宮へ、受け入れのための細かい命を発令しながら、清須城における最終命令を下す。

「集合は熱田の杜。遅れて来る者は熱田で伝令の指示に従え。出陣は熱田からぞ」

初めて信長の甲高い声が響き渡った。その直後、信長は鎧《よろい》兜《かぶと》など武器を着けながら、全精神を一点に集中させていた。

「今回の戦いは、一瞬で勝負をつけないと全く勝機がない。勝利できる否かは義元の本陣を確認できるか否かである」

既に小平太から潮の満干《みちひき》の報告を受けていた信長は、ここで状況の判断をする。

「これから満潮（午前四時半頃）に向かう。大高から笠寺・熱田地域の海岸線、天白川の状況を考えると、今川前進隊の動きは鈍るであろう。また、これに合わせ進軍してくる義元本隊の大高到着も、干潮（昼頃）に合わせ、午後になろう。義元の本隊は昼頃は大高城の手前の兵陵地帯を通過するはずである。

幸い夜明け（四時半頃）は早く、昼まで十分時間がある。即刻、清須城を飛び出せば、今川の間者もこの素早い行動に対応できないだろう。

作戦点である兵陵地帯の真近には、これから、作戦行動をとりつつ、行軍したとしても、昼前には十分到達できる。義元の前進隊と衝突しなければ、作戦通り行ける」

このように出陣の朝の信長の頭の中は、儀式的なことは一切存在せず、兵陵地を通過中の義元を襲うことで一杯であった。

また、尾張存続と自身の生死の瀬戸際に置かれた信長は、次のような思いであった。

「勝機は義元が兵陵地帯を通過するほんの一瞬を狙い、強襲する以外ない」

「決め手は、義元本隊所在地の情報を掴めるか否か。それも兵陵地を通過する前に」

それだけに、前夜と当日の朝は義元の動向に全神経を集中し、また情報に対応するため、信長は寝て休むといった状態にはなかった。

以上の如き状況下において、信長が装束を整え、気を落ち着かせ、環境を静寂の中に置くといった心の余裕と時間はなく、ましてや信長が「敦盛」を謡い、舞うということは考えられない。

また、前日の夜までは義元の本隊の進路が不明で、仮に沓掛城から旧鎌倉街道へ出て鳴海城へ入り、古鳴海から天白川へ向かってしまうと、信長の作戦のほとんどは作動できないことになる。従って、前夜から当日までの信長は負けが決まるか否かの、大変な状況下に置かれていたのである。

しかも、その時の信長の脳裏には、捨て城として今川軍の猛攻に耐え、必死に戦い、討ち死にしていく、二つの砦の七百人近くの兵士達が過《よぎ》っていた。

佐久間大学盛重《もりしげ》・山田藤九郎秀親《ひでちか》などを将とする丸根の砦の兵、およそ百五十人に対し、松平元康《もとやす》（家康）二千五百が、信長の大叔父織田玄蕃允秀俊《げんばのじょうひでさと》・飯尾《いのお》近江守定宗《おおみのかみさだむね》、信宗《のぶむね》父子などを将とする鷲津の砦の兵五百二十人に対し、義元の筆頭家老、掛川城朝比奈康朝《あさひなやすとも》二千が、夜明け前から襲いかかっていた。

その状況については、砦方からも服部小平太、弟小藤太《ことうた》からも刻々と情報を得ており、信長は砦の兵の息遣いまで手に取るが如く、わかっていた。

信長が出陣の準備を始めた頃、この二つの砦は間違いなく落城に瀕していた。

義元大高城誘引作戦通り、砦が捨て石となり、配下の兵士達が援軍もなく討ち死にする状

況の中で、「敦盛」を、その主題である、

「この世は儚《はかな》く、無常だ」

と、謡い舞うとは考えられないのである。

夜明け前、信長は、

「砦の死は無駄にしないぞ」

と、感傷的になったとしても、それは一瞬のことで、すぐその先の作戦行動で頭の中は一杯となったことであろう。が、しかし、

「十年余、必死で練った作戦を今、実施している」

という意識の高揚は間違いなくあった。

そして、これから行軍する熱田の杜　天白川、丹下・善照寺・中島の各砦の情勢、展開させている遊撃隊、必死に山川荒野を駆け廻り、義元の本陣の所在地を掴もうとしている諜報員などが、作戦と一緒になって信長の頭の中に整理されたまさにその直後、永禄三年五月十九日の払暁、信長は既に馬上にあった。

その時、信長の脳裏には、もはや生も死も無常も、「敦盛」もなかった。

熱田の杜を目指し、疾風のように駆け出す信長、少し間をおいて、後を必死に追う

岩室長門守《いわむろながとのかみ》・長谷川橋介《はしすけ》・佐脇藤八・山口飛騨守《ひだのかみ》・賀藤《かとう》弥三郎など小姓衆の一団も、やがて信長とともに巻き上がる砂塵に消えた。

遠くで、螺貝《ほらがい》が吹かれていた。

清須から熱田まで、直線にして三里（約十二キロ）。信長は小姓衆五人と熱田の宮まで、一気に駆けている。

三里を一気駆けできるよう、信長と家臣は日頃から馬を鍛錬しており、また熱田まではほとんど平地で、一気駆けは容易であった。

このように、信長の作戦行動は極めて計算高くかつ理に適うもので、信長が情緒的になるのは全て事態収拾する後なのである。

信長が度々、「敦盛」を謡い、舞った場所がある。それは生駒屋敷であった。

義元の尾張への侵攻と信長の一族への調略に脅えながら、その一方で自身の「うつけ」と政秀の「諫死」によって炙り出された、身内を抹殺するという実に湿った人生を弾き飛ばす気持で、信長は生駒八右衛門の屋敷（江南市小折《こおり》）に出向き、側室、吉乃《きつの》の前で、何度も、「敦盛」を謡い、舞ったことであろう。

それが信長にとって、一番気の休まる一時《ひととき》であった。

戦いの時、全神経をその戦いに集中するが、戦いが終わり事態が収拾すれば、幸若舞を謡い、舞い、小歌も歌う。

それが、目的をもって頭を切り換えようとしている信長たる所以なのである。

信長は、この生駒の屋敷で幸若舞の腕を存分にふるうのである。

「信長公記」の作者太田牛一は桶狭間の時、親衛隊の中の信長六人衆の弓張三人中の一人として、信長の身近で従軍していた。

従って、その記録は臨場感ある迫力でもって記されている。

しかし、清須城出陣の直前の信長の行動は極めて秘密で、知る由もないことであった。

おそらく信長ならば、出陣に際して、身を捨て、戦いを恐れずの心境で、日頃大好きな幸若舞「敦盛」の一節を謡い、舞ったのであろうとの人々の憶測が、いつの間にか噂になったのであろう。

そして作者牛一は、その噂をそのまま正確に、かつ余分なことを加筆しないで記しただけのことであろう。

信長は桶狭間の戦いの当日の早朝、清須城を出る時、出陣式のような儀式は一切行っていない。ひたすら今川の諜報を意識して、突然、清須城を飛び出している。

従って、家臣の多くが信長を確認できたのは、第一集合場の熱田の杜であった。

信長が当日の朝まで、徹底した隠密行動をとっていることが窺える。この隠密行動は敵に対してはもちろんのこと、味方に対してもである。

このような信長の行動が、結局、勝ち残った信長に噂が花を添えたのである。やがてその噂は出陣直前、「敦盛」を悠然と、謡い、舞い、舞い終わるや否や、電光石火で出撃する英雄、風雲児信長へと変容する。

戦国の世の「定説」は、疑うことにより、歴史の真実が少し顔を覗かせるものなのである。


この小編を締め括るに当たって、やはり信長は「敦盛」が好きであったことを物語る記述を示しておこう。「信長公記」首巻に出てくるものだ。

この話は、尾張国春日井原《かすがいはら》の外れの味鏡《あじま》（名古屋市北区楠木味鋺《あじま》）の天永寺《てんえい》の僧、天沢《てんたく》が、関東に下る折、甲斐国で役人から信玄に挨拶して通りなさいと言われ、信玄に面会する。その時の様子が記されている。

余談だが、天永寺は真言宗智山派の味鏡山天永寺護国院（楠味鋺の前）のことで、行基の

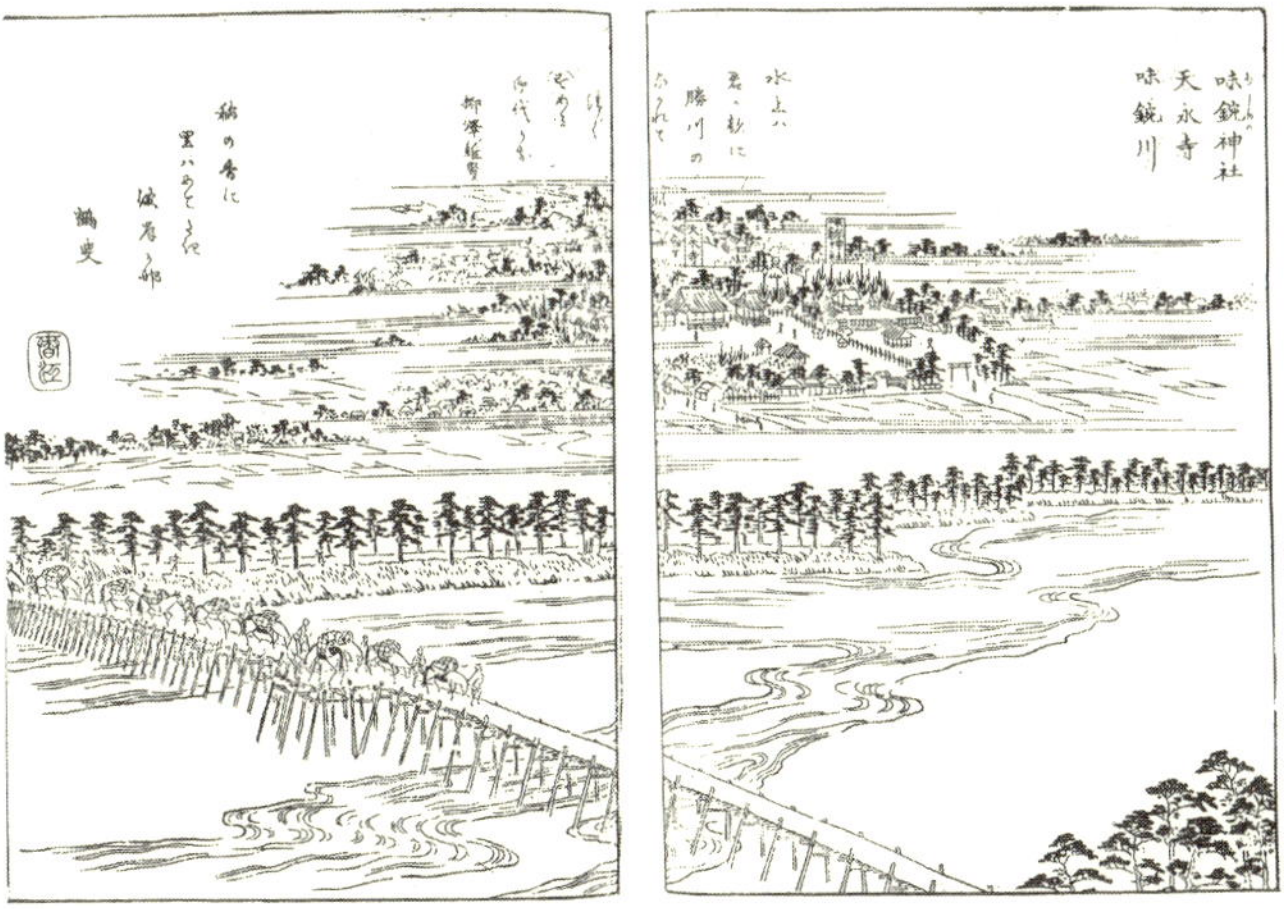

天永寺図（「尾張名所図会」）

開基になり、薬師寺と号し栄えたが、後、庄内川の洪水、火災、賊難などで廃れていた。

天正九年（一五八一）、一切経（全ての仏典）を二度繰り返し読んだ高僧天沢は、天永寺を再興する（「天永寺図」）。

その天沢が信玄から、信長についていろいろ質問を受けている。

信長の趣味は何か、との信玄の質問に天沢は次のように答えている。

「其外、数奇（趣味）ハ何か有と御尋候。舞とこうた数奇にて候と申上候へハ、幸若大夫来候かと被レ仰間、清須の町人に友閑と申者、細々《さいさい》（再々）召よせまはさられ候。敦盛を一番より外ハ御舞候はす候。人間五十年、下天の内をくらふれハ、夢幻如く也。

是を口付て御舞候。」

「敦盛」の一番のほかはお舞いになりませんと答えているのである。

その他、信長は小歌も好きで、

「小うたを数奇て、うたはせられ候と申候…死のふハ一定《いちじょう》、しのひ草にハ何をしよそ、一定かたりをこすよの。……」

誰でも死は必ず訪れる。生前を後の人が忍ぶ時、生きている間に何をしておくか、人はそれをよすがとして、自分の思い出を語ってくれるに違いないという意味の小歌を歌うとも答えている。

幸若舞と言い、また小歌についても、信長が愛する舞と歌は、おそらく当時の戦国武将の誰もが抱えていただろう、生と死への思いに通ずる。この世の儚さ、無常感と共通していたのである。

振り返って考えると、時には戦術に利用することがあっても、連歌をこよなく愛していた父信秀。また、京の文化に造詣の深い家老の平手政秀。

信長が「敦盛」を一段と謡い舞った、その精神面は、この二人に負ったのであろうと思う。

その意味で、信長の「敦盛」好きは、信秀と政秀が信長に残した遺産であった。

おわりに　―定説を疑う（二）

『諫死にあらず』は、初めての歴史小説になります。

戦国時代の物語はその時代背景と、前後の歴史の流れに目を向け、いわゆる「定説」を疑ってみることが必要であると、「はじめに―定説を疑う（一）」に触れました。

平手政秀の「自害」と織田三郎信長の「うつけ」にも、それはあてはまると考えたのです。

これまでに出した二冊の歴史書『大高と桶狭間の合戦』『信長四七〇日の闘い』は、若き信長の生き残り戦略に主題を置き、信頼性の高い史料に記されている「定説」はそのまま引用し、戦略の結論を急ぎすぎた嫌いがあったかもしれません。

しかし、当時の情勢並びに前後の歴史の流れなどを検討し、一度白紙に戻し、考察すると、

「定説」の一部に疑いが出てきました。

「信長は敦盛を舞ったか」は、そのような経緯で出来上がったものです。

「信長を育てた川」は、信長の戦略を支え、生かした情報の力、それを育てた川として、木曽川を取り上げました。

十代、二十代の信長は、生と死の極めて危うい綱渡りの状況に置かれていました。

この危機を見事脱出できたのは、信長が情報力を重視したからです。

三つの短編で信長と政秀の気持を少しばかり代弁できたのではないかと思っています。

なお、青春時代の信長については、そのほとんどが戦国時代の一級資料と言われる太田牛一（又助、和泉守）の「信長公記」首巻に拠っています。

牛一は慶長十八年（一六一三）三月、八十七歳で天寿を全うしますが、その死の直前まで軍記物語の著述をしていました。「今度之《このたびの》公家《くげ》双帋《そうし》」は慶長十五年・八十四歳の作品です。牛一は信長、秀吉、家康に仕え、引退後の慶長三年頃から軍記の著述に専念し、その作品が世に知られるのは、牛一が八十歳を過ぎた慶長十一年以降と言われています。

牛一と同じ尾張の安食村（名古屋市北区中切・福徳・成願寺一帯）の出身で、牛一よりも二十七歳若い儒医小瀬甫庵は、牛一の「信長公記」を参考に慶長十五年までに「甫庵信長記」

を完成させ、元和八年（一六二二）古活字本として刊行します。その後「甫庵信長記」は評判良く、増刷され流行します。

これに対して牛一の作品が「信長公記」として初刊行（「我自刊我書《がじかんがしょ》に所収」）されるのは明治十四年になってからです。

なぜ牛一に対して甫庵の作品が流行したか。それは、江戸幕府の儒教理念の高揚策に則《のっと》るように、甫庵は、信長を美辞麗句で飾り立て、読者は戦国の英雄、戦国の世を駆け抜けた風雲児信長一代記、痛快戦記物語として受け入れたからです。

すなわち甫庵の手に掛かると

「父信秀の跡を継いだ、うつけの信長が家老政秀の諌死で、俄然、目を覚まし改心する。この時、天下を切り上り、国家邪路を正さんとて数万騎で尾張へ侵攻してきた今川義元を、その何十分の一の人数で、神業的奇襲を仕掛け、打ち破った戦国の英雄、風雲児信長」という物語になり、安定した政治の下、刺激を求める江戸時代の読者に、この甫庵の作品は受け入れられ、その後、多くの信長本を生む種本となります。

このように、版を重ねる甫庵の作品の影響もあってか、牛一の作品は識者の間で、史料的、記録的なものとして、各大名家などに写本として伝わるだけになったようです。

ただ、この甫庵作品を、当時批判した人物がいました。

大久保彦左衛門忠敬《ただたか》です。

彦左衛門は自身の書いた「三河物語」の中で、「甫庵信長記」を次のように散々こき下ろしています。

「信長記を見るに、いつわり多し。三分の一はあることなり。三分の一は似たることもあり。三分の一はあとかたもなきことなり。信長公記作りたる者、我々がひいきの者を我が智恵のあるままに良く作りたると見えたり。」

逆に言うと、甫庵の「信長記」は彦左衛門の目に触れるほど、広く流行していたことがわかります。

彦左衛門と甫庵の作品が刊行されるのは元和八年で、やがて世は徳川二代将軍秀忠から三代家光へと移り、彦左衛門のような戦国の生き残りである武闘派から、文治派へと変容する時と重なっていました。

それゆえ、彦左衛門のこの言葉は戦国の世の物語を検討する上で注目されます。

若き信長の前半生は、風雲児でも英雄でもありませんでした。

現実の信長は、義元に脅え続け、血で血を洗う身内一族との争闘に生き残りを懸けていた、実に湿った人生、それが青春期の信長の姿でした。

このような考えで、「定説」を疑い、物語を展開しました。

最後に、前作に続き数々の取材の旅に同行いただき、絵筆を執っていただいた塚原徹也氏、出版に際し、ご支援とご助言をいただいた風媒社編集長劉永昇氏のお二人には心から謝意を述べたい。

平成二十一年九月十日

服部　徹

参考文献

・「清洲町史」第三部　古典にさぐる「信長公記」巻首
・「信長記」上　神部周　現代思潮社
・「政秀寺古記」中島清一　名古屋史談会
・「平和町史」
・「木曽川町史」
・「南木曽町誌」
・「八百津町史」
・「木曽川は語る」木曽川文化研究会　風媒社
・「木曽川の流域史」中山雅麗
・「錦織綱場」八百津町教育委員会
・「武功夜話」新人物往来社
・「江南郷土史研究会会報」平成三年八月
・「尾張名所図会」愛知県郷土資料刊行会
・「伊勢大湊の今昔」大西民一
・「織田信長の系譜」横山住雄

・「北区歴史と文化探索トリップ」　名古屋北ライオンズクラブ
・「織田信長総合事典」　岡田正人　雄山閣出版
・「信長公記（上）」　榊山潤　ニュートンプレス
・「言継卿記　第二」　続群書類従完成会
・「東国紀行」紀行部十四　続群書類従完成会
・「天文日記」続真宗体系　国書刊行会
・「大龍山臨済寺の歴史」　臨済寺史研究会
・「大日本百科事典」　小学館

［著者略歴］
服部　　徹（はっとり・とおる）
1941年、愛知県生まれ。
慶應義塾大学法学部卒業後、三菱重工株式会社に勤務。
現在、文化と安全に係わる経営コンサルタント
有限会社ヒューマンネット企画代表。
織田信長と地域に密着した歴史・文化の研究に意欲的に
取り組む。名古屋市在住。
著書　『大高と桶狭間の合戦』（中日新聞社）
　　　『信長四七〇日の闘い』（風媒社）

装幀＝夫馬デザイン事務所

諫死《かんし》にあらず　信長を救った男

2009年11月22日　第1刷発行　　（定価はカバーに表示してあります）

著　者　　服部　　徹
発行者　　稲垣　喜代志

発行所　名古屋市中区上前津2-9-14　久野ビル
振替 00880-5-5616 電話 052-331-0008　風媒社
http://www.fubaisha.com/

乱丁・落丁本はお取り替えいたします。　＊印刷・製本／モリモト印刷
ISBN978-4-8331-5202-0